# 秒速5公分

*one more side*

原作 新海誠

作者 加納新太

目次

# 第一話　櫻花抄

17

昨晚，我夢到了從前。

一定是因為昨天無意間翻到的那封信。

——那時候如果能夠交給他就好了。

當時的心情，促使現在的我提筆寫下這篇文章。

我試著將少女時期的自己，化為文字留下。

但是，我其實沒有完成的自信，若是真的能用文字表達，那時候放棄的自己，沒有把信交給他的自己，又算什麼……

一想到現在寫下的東西，會不會使得那天的那個體驗成為流水帳的一頁，不由得遲疑了起來。

不過，我還是應該把那封信交給他的。在這麼久之後，都過了十幾年之後，重新讀了那封沒有交出去的信，面對過去的自己卻掩不住心底的微笑，心情柔軟而溫暖。

「沒關係，把信交給他就好。」好想要這樣跟那天的自己說。

如果當時能夠再成熟一點，能夠勇敢地接受那個不完全的自己，或許結局就不一樣了。

所以，我現在所寫的，就像是一封信，一封延宕了好久的信。

# 16

在經過一番掙扎，我決定從轉學的故事開始說起。

我常常對很多無謂的事情感到自卑。要如何說明自己從哪裡來就是其中之一。

在東京，這樣一個人口大量移入的都市，說明自己的出生地，做為話題的交集來說相當重要，但我總是為此感到困擾。

根據父母所說，我是在宇都宮出生的。

可是，我沒有任何關於宇都宮的記憶，更不覺得那裡是自己的根源，只知道那是母親的家鄉，偶爾聽家人說過，僅此而已。

在上小學前，我們搬到秋田，然後遷往靜岡，再去了石川。由於父親在櫪木的地方電機製造公司工作，調去各地的分公司或是部門支援是基本義務。

所以直到現在，我沒有對任何地方存有歸屬感，幼小的年紀在經歷不停地搬家與轉學後，造成這方面的意識薄弱。

無論在哪裡，都不願太過深入。

所在地永遠都只是暫時停留的地方而已。

這就是我從幼年到青春期對外界所抱持的基本態度。

那是在石川縣，國小三年級的冬天——

從母親口中得知，明年又要轉學的消息，這不知道是第幾次。可以逃離這裡了。在我感受到一絲欣慰的同時，襲來的卻是必須又在異地重新開始的恐懼。

「這次我們要去東京喔！」母親用了像是中了大獎般的口氣說道。現在想想，以父親的工作來說確實是如此。但我卻覺得「東京」這名詞的音律帶著一股不吉利的聲響。

在那之前，我從來沒有對於學校、街道或是人際關係感到一絲興趣，也打算就這樣繼續消極的冷眼旁觀。

對於沒有餘力的我來說，如果太留心於周邊的事物，一不小心就會跟別人對上眼。只要跟人有了眼神的交集，言語就會接著攻擊，而那些話對我來說也不是什麼好事。

所以我總是低著頭，保持最大限度地警覺，不願跟外界有任何直接接觸。

轉學這件事，無論如何都是令人害怕的。

面對新的場所，新的面孔，說什麼都開心不起來。

不管轉去哪一間學校，我就是沒有辦法融入。那些不熟悉的口音，地方風情影響下的個性差異，陌生的建築物以及人群，還有還有……同學早已互相認識，卻只有我像局外人這樣不公平的狀態，一切的一切都讓我感到很不安。

每次被迫放身於新的環境之下，我就會嚴重感受到自己的身體正在緊縮，而班上孩子們的一點小動作，無意識的言語，對我來說都是壓力的來源。

曾經想過強硬地吞下恐懼，試著去面對，去抵抗，但這如此困難的事情，我是不可能做到的。

害怕是「弱小」的記號。

而弱小在孩子不成熟的社交中卻常與可以恣意地傷害別人畫上等號，反正最終都會得到原諒。

我每天都覺得很不舒服，生理上開始起了反應，如同肩膀都在抽搐般地作嘔，甚至希望噁心的感覺能再強烈一點，好像這樣就可以不用去學校一般，然而這個念頭往往使得反胃的狀況更加嚴重。

環境壓力或是氣氛感染引起的反應，我還能夠忍耐，盡量不要深呼吸，保持呼吸的平順，繃起身體，時間自然會過去的。

但真正令我難以忍受的是言語發動的攻擊。

聽覺是無法完全關閉的，就算用手掩住耳朵，只會換來更大音量且強硬不禮貌的言詞。

直到現在我還有一些怎樣都無法接受的字眼，那些孩童用來欺負人時帶有嘲笑意味的話語，而我總是身處在這樣的環境中，有時就連老師也會脫口而出。

我是在這時候就知道，原來大人在小孩的環境久了，也會變成跟小孩子一樣。

這樣只是等待時間過去的日子還會一直持續吧，直到自己死亡的那一天才能了結，但我怎麼樣都想不到脫逃的辦法，應該說從來都不覺得自己能夠真的逃走，沒有反抗的能力的我，只能默默地承受這一切。

那時候，閱讀是我唯一的慰藉。

雖然一個人卻能夠投入在豐富精彩的世界，這是何其美妙的事情。而我也始終這樣覺得，能夠在別的地方找到自己的歸屬，對我來說是一種救贖。

只要翻開書，我就可以變成另外一個人，有著另一種際遇，還能夠擁有超越自己想像的體驗。用心感受的風景往往比現實中所看到的還要繽紛。

我將自己置身於另一邊的世界與現實的日子隔絕，透過書本所學習到的東西才是所謂的知識吧。

那個時期，更具體來說是小學三年級的時候，最擄獲我心的一本書，是C・S路易斯的《獅子・女巫・魔衣櫥》。

衣櫥的深處迎接我的另一個世界，裡頭住著光明的太陽之獸，用巫術控制冰雪的白女巫正計畫著邪惡的叛變……奇幻的畫面逐漸在腦海中展開，深深著迷的我無時無刻都在奇幻世界中神遊。

不止一次，我站在衣櫥前面，雖然知道現實生活中，門後並不存在異世界的入口，但打開的瞬間，還是忍不住小小的期待。

書本就是那魔衣櫥的門，一打開，我的心就掉進了納尼亞王國。（我想作者路易斯先生應該是有意識地將開門與開書的意象結合吧！）

在想像力的那扇門後，我找到了自己的小世界。

所以在被告知明年春天要搬去東京的時候，我將懷中的書抱得更緊了，那硬硬的書皮都快被鑲進胸口裡一般，我拚命地想把迸出的恐怖給消滅。

即將要面對的事情，自己也清楚的很。

站在講臺上，面對著臺下的同學們。起初會抱著看熱鬧的心情，然後他們漸漸失去興趣，最後圍繞我的只剩下失望與不耐煩的神情。

我不並認為我可以改變這種狀況，也找不到容許我發聲的那扇窗，因此，我更必須守護那個特別的地方，最後完好的領域。外界帶來的傷害跟痛苦，讓沒有選擇的我只能咬緊牙忍耐。
拚命地壓抑是九歲的自己唯一的課題。
害怕會因為周圍的環境俱增，強烈的恐懼則使我受到更加負面的對待。
無論去到哪裡結果都是一樣的，這叫我如何融入其中，如何找得到自己的容身之處。
在父親的車開到了參宮橋的新公寓時，我的眼神一如往常地冷酷，車外移動的景色，嶄新的街道面貌，沒有在瞳孔中停留過，那又如何呢，停留與否對我來說沒有任何差別。
反正一切都要重新開始，如同在舊的牆上直接刷上一層新的油漆一般，身心反覆煎熬著，看來新的陣痛又要持續一段時間了。
我側著頭緊靠在車窗上。
要是我的四周也有像玻璃這樣透明且堅硬的帷幕包圍著就好了。
車門打開的瞬間，我的玻璃帷幕也應聲碎裂，那是一種令人不安的聲音。腳底踩著的柏油路，滲透進皮膚的冰冷空氣，那些感覺都讓我極度厭惡，強烈的情緒變化使得淚腺蠢動。
再過不到一個星期，新的學期就要開始了，我必須要一個人去面對。光是用想的就覺得胃在翻攪，肌肉緊繃，名為恐懼的毒隨著血液竄流全身。

那時的我，對於死亡感到漠然，總覺得這樣的反應如果一直持續下去，恐怕也活不了多久。這跟自殺意圖不同，當然，我也沒有結束生命的勇氣。

只是這樣，一點一點地衰弱，力氣也一點一點地消失，連影子都變得越來越薄，或許自己就會像融化的雪花一般消逝。

其實我並不排斥這樣的結果，當呼吸心跳停止，意識也隨之散去的同時，是否也代表了真正的解脫。尚未成熟的身心，小小的頭腦裡卻充滿如此哀傷的念頭。

然後，我就是在這裡遇見他的，遠野貴樹。

講臺的高度，讓我感到暈眩。

雖然只比地板高出十公分，但站上去後的視角，面對臺下一雙雙的眼睛，我開始發抖，無止境的墜落感湧出，最後那些包圍我的臉孔甚至都扭曲了起來。

他們眼睛的深處，笑臉的背後，一定藏著什麼祕密，是我完全不得而知的。稀稀疏疏的笑聲傳來，我的肩膀很自然地縮起，手也收到胸前環抱著。

粉筆在黑板上刮出有如尖叫聲般刺耳的噪音，我嚇得回過頭看。

隨著嬉鬧聲越來越大，我也越來越無法承受，老師在黑板上寫好了我的名字「篠原明里」，然後把手放在我的肩上，順便將我轉向同學們。我感覺肩上的手好重好重，肩膀更是僵硬。

「這位就是從今天開始轉學進來的篠原明里同學，大家要好好相處喔！」

女老師笑著說，然後使了眼色要我和同學們問好。

我說著「請多多指教」同時彎下腰敬禮，但我的說話的聲音因為緊張而不穩定，呈現偏高的聲響，臺下就七嘴八舌地評論了起來。

聲。

好像有一個聲音說道：「名字好怪喔！」接下來教室裡就布滿足以掀起屋頂的笑

每轉學一次就會發生一次，到最後我也覺得自己的名字真的很奇怪。

老師指責了那位說話的同學，但完全不是嚴肅的態度，看來有時候連大人都必須看場合氣氛說話。年幼無知的我還知道，學校老師是不會跟自己站在同一陣線的。

分配好新的座位後，走下講臺時才發現自己的膝蓋僵硬的快要碎裂了，踉踉蹌蹌地走在桌子跟桌子之間的小走道。為什麼自己的身體總是不好好聽話呢？想到這裡，不由得悲傷了起來。

坐在兩側的同學，雖然低著頭，但眼神不停往我這裡瞄，晃動的裙襬與雙手，都感受得到他們的注視，汗毛也因為警戒而站立。

逐漸狹窄的視野，視線找不到焦點，晃動個不停，我卻怎麼也走不到座位。

就在這個時候——

耳邊傳來小小的一句話。

「沒事的——」

我不由得挺起胸，這才知道原來自己總是駝著背，忽然，我的視線也不再搖晃了。

很想停下腳步找尋聲音來源，但我很快就放棄了，在最後一排的座位坐下。

有很多人朝我看過來，照理來說我會直盯著桌面的木紋發呆才是，但這次我視線卻朝著那些人的方向游走。

是誰？

是誰跟我說話的？

那聲音其實相當微弱，說實話，連自己都無法確定是不是真的聽到了，除了我之外，好像沒有任何人注意到。

但是，那應該是個男生的聲音。

老師敲敲講桌，要大家把注意力拉回來，而我望著前方一排的後腦杓，心裡為了那個人的存在感到疑惑而澎湃。

一個小時的課程結束後，班上同學開始聚集在我的四周，你一言我一語的問起些簡單的問題。像是妳從哪裡來啦，為什麼會轉學啦，生日是什麼時候啊之類的。

我則是專心地看著那些人的臉，試圖想要從中分辨出「那個人」的聲音，完全沒有好好回答那些問題。

「沒事的——」

那個聲音一直在心裡迴盪，無法不去在意。
到底是什麼意思呢？
想的太過入神，字詞跟聲音的關聯竟然越來越模糊，都快要搞不清楚了。
就像是一句施了魔法的咒語。
真的——
從來沒有一個人這樣對我說過。
現在回想起來，每當遇到新的環境，我所追求且期望的，就是這句話吧！
一直以來自己雖渾然不知，但對於九歲的我來說，這句話是完美的。
我的不安與恐懼，終於有人瞭解並且願意跟我一起分擔了。
他是我的同伴。
他對我施了魔法。
輕輕的一句話，我挺直了背，抬起了頭，甚至讓我覺得，這次的轉學不再可怕了。
我睜大眼睛持續地在人群中搜尋著他。
有一個看起來很可靠，應該是班上領導人物的女孩，發覺我支支吾吾的，很溫暖的以為我是太緊張，還開口要大家不要一直圍著我，不要嚇到我才好。
無法好好回答別人的問題是我一直以來的缺點，但這次卻有人站出來幫我說話，對於這樣的改變我感到相當驚訝。

當我正感到不解，一個答案浮上了腦海。
原來，只是抬起頭，這一切就會完全不一樣啊。
開學日能夠這樣的順利，這還是第一次。

那聲音的主人，當天我就找到了。
花了很多堂的下課時間，眼睛轉啊轉的留意每一個人，忽然間我發現他就在那裡。
對！不會錯的。
趁著熱心的女孩帶我參觀校園的時候，我忍不住一直偷看他，他跟幾個男孩若無其事地站著聊天，而其他男孩則是跟一般小孩一樣熱衷於討論轉學生的話題，並一邊向我看來。
通常班上同學對於轉學生的態度，不是積極表示好感，就是展現毫無興趣的態度。
但是他跟他們都不一樣。
不會特別在意，卻也不是完全不理會你，是一種中立的態度，讓人覺得很安心。
那時候的他——
在我看來，就像是其他種類的生物一樣，是個特別的存在。
看似自然地融入現場的氣氛，與人之間又確實地拉著一條界線。

那中間隔著的不是厚重的玻璃帷幕，而是一層不為人發現的膜。薄如糖衣的膜，膜中包覆著另一個次元的世界。

我很在意那個人的一舉一動，應該說，我只對他一個人有興趣。

如果可以，我要站在他的面前，仔細觀察他的臉。

好想知道他的名字。

不過，身為轉學生的我是無法輕易做到這件事的。

就連私底下偷偷地詢問別人也不可以。因為我不能只對一個人特別有興趣，我必須要盡可能地跟全班的同學打好關係，這就是大家對轉學生的期望。

那天放學，我和同路的女同學們一起回家了。

從來沒想過能如此平穩且和睦的結束第一天的學校生活，我洋溢的笑意中帶有一絲羞怯。

很慶幸有一群不太討厭我的女生願意接納我，但我腦中卻一直想著那個男孩的事，要怎樣才能知道他的名字呢？

沿著學校的圍牆走去，內緣種著櫻花樹，從混著一抹青綠的枝枒上，粉紅的櫻花花瓣隨風飄下。

雖然幾乎都是在春天轉學，但是我不曾像現在這樣留意過校園旁的花花草草。

秒速五公分，我在心中低語。

父親其實還像是個少年一樣，若是在書店找到小時候看的青少年科學雜誌，就會滿心歡喜地帶回家。

在雜誌的某一角落，雜學專欄的那部分令我印象深刻，上面是這樣寫的，「櫻花落下的速率是每秒五公分，也就是說時鐘裡最為忙碌的那根指針動一下，花瓣就會更接近地面五公分。」

我又會以怎樣的速度接近他呢？

現在的我無法確定小時候的自己想不想得到這樣的譬喻，但那天的記憶確實是鑲嵌在飛舞的櫻花和「秒速五公分」這文句之間。

14

他叫做遠野貴樹。

我是在不久後知道的。

班導師覺得我應該趕快把同學的名字記熟，所以特別印了學生名單給我。然後再請熱心的女同學們介紹每一個同學，把名字跟人給聯結在一起，當然，名義上是要認識全班的人，事實上，我在乎的只是他的名字而已。

在那之前，我其實是個異常老實的人，從沒想過能夠像這樣做著跟內心想法不同的事，這也是我第一次發覺到原來還有這個方法可以用。

名字是知道了，但然後呢？雖然是有想要能再接近他一些，但一想到要跟他說話，又亂了陣腳。

真不知道要怎麼跟他搭話才好，忽然叫住他這樣的舉動又會太引人注目，一旦大家的眼光投射過來，感覺就會發生什麼不好的事。我腦中總是充滿著負面思考。

要跟他說的話題也沒有準備好，再說，其實我有一點害怕男生。

他們既粗魯，嗓門又大，又常說著很無禮的話，開一些很過分的玩笑。

至少這是我目前為止對於男生的觀感。

我是這樣聯想的，那些出現在故事裡的壞人角色，在一開始一定也是和善溫柔的吧！

所以對於他我也是抱持著這樣的態度，不輕易接觸，在遠遠的地方意識著他的存在就好。

而我第一次跟他交談，已經是一兩個月後的事情了。

在課程跟打掃還有活動課都結束後，我向校舍二樓的圖書室走去，

這間學校的圖書室，好像秉持著只擺放純文字書籍的方針，沒有提供漫畫書的借閱。在那個年紀會讀純文字書籍的孩子幾乎沒有多少，雖說跟比起現在的世代來說算多了，但那時候我身邊幾乎沒有這樣的同學。

這表示我可以一個人占有圖書館裡所有的書。

班上還是會有圖書股長，但負責借書還書的同學很少，我也從沒看過有人坐在櫃檯輪值的。因此我都是自己在借書卡上蓋章，然後就把書帶出來。

在空無一人，寂靜的圖書館裡走動，自然就會屏住鼻息然後放輕腳步。

要還書的我，在完全沒有上鎖的櫃子裡拿出借書卡，在寫上自己名字的那一欄蓋上已歸還的印章，然後塞入書本前頁的記錄小紙袋裡。

最後再把書本放回架上就完成所有手續了。

我橫向切過數個書架，正要穿越最旁邊的書架時，我的身體停住了——頭腦也停止運作。

遠野貴樹就站在那裡。

他面對著書架，直盯著比他身高要高出一些的地方。

我發現他並不是在看書架上的書。

我想他的視線正穿過書架，看著另一頭的深處，就像是所有的書跟書架都跟玻璃都是透明的一樣，直接看穿後方，而他努力將模糊的焦點集中在一起。

那個書架面對著南邊的窗戶，排在架上的書，全都沐浴在陽光之下。

斜陽灑落窗前，將他的背影晒得溫暖。

脖子上的細髮閃著金色的光芒，輪廓被光暈包覆浮現，影子拉長，拖在身後的書上。

那畫面美的像一幅畫，而我也就這樣一動也不動的凝視著。

回過神來，正想轉身逃走，他卻早已發現到我的存在。

「那個……」

微弱的聲音從後方傳來。

我聽到了自己的心跳聲，隨著僵硬而動彈不得的四肢，我想我的身體正宣布著此刻的重要性，到底是期待還是害怕，也分不清楚了。

「篠原明里同學？」

聽到他呼喚著自己的名字，我抱緊了胸前的書，感覺像是在保護著越縮越小的自己，而想要出走的雙腳卻依舊不聽使喚。

「那是要還的書嗎？」

「嗯？」

「我可以接著看嗎？」

他的口氣，安穩而自然。

當我發現他正指著我胸前的書，全身的力氣瞬間像是被抽走了一般。

溫和的雙眼雖被夕陽刺得睜不開，但完全無損他的真摯。

我彷彿聽到自己心中的警戒之鎖，哐啷被解開的聲音。

一開始，面對他的問題，我只能以些微幅度地點頭搖頭做為回應。

當他說到「我是去年轉學過來的」，我的心不由自主飄向了他。

原來他跟我一樣經歷過無數次的轉學。

最初是長野，再來是三重、靜岡，到靜岡之後才轉到東京的這個學校。

我也曾經在靜岡居住過。

他不會像一般的男孩子一樣，急躁又無禮。而低沉的聲音，緩慢的語調，每一句都經過仔細思考的言談，使我能夠安心地聆聽。

我們兩個就坐在圖書館的地上，並排倚靠著窗戶下的牆，分享了很多只有轉學生能夠了解的體驗。

言談之中，我不停點頭同意他說的話，他也完全能夠理解我唯唯諾諾吐露出的心聲。

「對啊，就是這樣！」

我們異口同聲肯定著對方，然後相互傾訴那些從不被別人了解的自己。

不管我說什麼，他都一定能夠懂的——

只要一想到又會湧出更多的話題。

我第一次知道原來有人對你的意見表示贊同，是這麼愉快的事情。

對於如此勇於發言的自己也感到相當驚訝。

夕陽的角度更低了，光線也逐漸變成茜紅色，染上眼前的書架，晒得書架上的書都要褪去顏色似的。

我們兩個人在昏暗的天色下朝著同一個方向回家去。就在岔路揮手告別的時候，我知道，我們真的成為好朋友了。

或許是同為轉學生的際遇，使我們非常相似，有著同樣的特質，因此每次交談都被彼此的志同道合給嚇到。

我和他都喜愛看書。

具體來說，比起在操場打球，在繪圖本上塗鴉，又或是迎合班上同學們所熱衷的遊戲和話題，讀書實在好太多了。

從書中孕育出新的世界，我們是懂得幻想的孩子。

越是一個人的時候越能感受得到豐富美好。他是第一個對此表示贊同的人。

而我們的安靜還有內向，可能跟小時候體弱多病也有關連。

時常跟學校請病假，上體育課的時候也常常在一旁休息。

甚至都曾經因為這些狀況被家人帶去做兒童身心治療，最後還都因為搬家而不了了之。

最擅長的科目也一樣是國語、社會跟自然。

特別是國語，每次考試都能得到相當的高分，但我們都一樣不喜歡上國語課。對於誘導的上課方式，以及過度期待我們回答的態度，都使我們覺得反感。

相同的地方真的很多，當然，我們還是有不一樣的部分。

貴樹比我更意識到，融入大眾的重要性。

懂得在同學面前說笑，懂得表達自己的意見，在孩子的社會當中能夠保有最低限度的容身之處。
比起只想努力隱身於環境中的我，他選擇守護他所在意的東西。能發現這種面向的他，應該只有我吧！
我對於他的做法感到相當驚奇而新鮮，原來，只要做到這樣就好了。
從來不願意正面迎戰，總是畏縮膽小的我更是覺得他積極努力的態度，既沉著又可靠。
他和我開始會瞞著家人講很長很長的電話。
但這樣還是不夠，我們在學校也變得形影不離。
那是一種多麼舒服的感覺，而我也真切地需要一個瞭解我的人。
透過他，我終於融入了新的學校生活。
光是能夠接受這個環境，對我來說就是十分寶貴的體驗。
那種如釋重負的感覺，不再感覺到恐懼的日子，應該也是我第一次感受到。
「自從明里轉學過來開始，我就一直好想跟妳說話。」
貴樹有一次這樣對我說。
聽到的時候，心情真的是滿溢著幸福。
女孩在小學的年紀，大多都很相信命中注定這件事，從前還有所謂「紅線」這樣的傳說。

而我從沒想過這樣的事情，因為我不覺得會有任何一個人能夠喜歡這樣的自己，這也就是我對人生還有這個世界理解的方式。

我一直很在意的男孩，其實也在心底默默地注意著我——

這樣如同奇蹟般的事情，這樣和一般女孩一樣的心境，都是貴樹帶給我的。

圖書室是我和貴樹的祕密基地。

每次放學的時候，我就會跟他一起，兩個人站在書架前，認真地挑選著想看的書本，然後面對面地坐在大大的書桌前，平靜地看著書。

有時在意讓對方咯咯笑的內容，而不停偷瞄，有時指著有趣的插圖給對方看，屬於我們兩個人的時光一直都是這樣度過的。

最後，當然要再借一本書，然後心滿意足地回家。

我在那學校的圖書室裡讀了很多很多的書。

納尼亞傳奇的叢書，《賈斯潘王子》之後的系列，都是在這裡看完的。

而在貴樹的推薦下，我讀了《地海巫師》。他喜歡後半那個嚴肅的格得，我則是喜愛前半令人討厭的那個格得。

還有《默默》、《小王子》、《說不完的故事》（書好重，帶回家的時候費了一番功夫呢！）

他喜歡怪盜羅蘋，而我喜歡的是福爾摩斯先生。

裘蒂絲・華諾的《空中花園》。
《我們這一班》
寺村輝夫的《我是國王》系列。
星新一的兒童叢書。
《紅髮安妮》是我逼迫他看的，他也用《怪人十二面相》來回敬我。（真的滿可怕的。）
現在想想，這些都是多麼適合少男少女的優良讀物啊！
反覆回想後更是覺得令人會心一笑。
相互讀著對方所推薦的書，我覺得自己內心的小世界架起了橋梁，與另一頭的貴樹交換著最深層的彼此。
當他注意到我所沒有留意到的部分時，我覺得自己好像又更瞭解他了一些。

就這樣，一年過去了。

13

我記得是在五年級的某一天，約莫五月中旬的時候。

那是一個陽光煦煦，暖暖地適合睡午覺的好天氣

那天我刻意避開貴樹，獨自一人走路回家，

畢竟不能天天都膩在一起，我有時會像今天這樣自己回去。

受到春天的邀請，我很難得燃起繞遠路回家的念頭。

學校在世田谷與池袋那附近的郊區，回家的路上會經過代代木八幡神社。神社一帶是一片小山丘，上面種滿了樹，樹葉茂盛的看起來就像是擺滿了百里香裝飾一樣。

神社前是一條長長的石階，照往常的習慣，我會看著它從前面直接通過，但是，今天我卻想爬上去看看，突然很想知道山丘上面，會是怎樣的風景。

扶著兩旁的扶手，感受鞋底堅硬的石階，我一層一層地往上爬。石階的兩排都是跟我一樣高的樹，枝葉茂密得就像是個隧道一樣，每爬一階都覺得自己離頭頂上的樹

枝越來越近，視線也變得越來越暗。
登到最上階，馬上看到的是碩大的鳥居，而延伸的石子步道曲線柔和，上面鋪著圓潤的白色鵝卵石，兩旁豎立著大紅色的燈籠。
神木的枝葉，繁盛交織的如同石子步道的屋頂，間隙中灑落的陽光照得地面閃閃發亮。
貴樹竟然就坐在那裡。
這是完全的巧遇。
他坐在路旁擺放的大石頭上，一聲不響的，彷彿跟四周石頭還有樹同化了一般靜止著，稍微弓著背，看起來像是睡著了。
在他身邊，還有兩隻貓的身影。
牠們一會兒伸伸懶腰，一會兒盤坐著尾巴晃呀晃的，雖相互背對著但身體的某一個部位仍不經意地觸碰著貴樹。
他，還有貓，和另一隻貓分別面對著不同的方向，雖說眼神沒有交集，卻感覺他們之中存在著心電感應，相互聯結、接觸並且正對話著。
清風不意地吹拂，穿過樹葉隙縫照射下來的陽光，一粒粒的散在他們身上。
直視著這樣的光景，我一動也不動地隱身成為路旁的石頭。
我彷佛看到了這個世界的通天祕密，事實的最真相——

這一定就是老天爺要告訴我的，而用如此的畫面來呈現。
「……據說法國也有一條河川叫做揖斐川。」
我被突然出現聲音嚇了一跳，這才發現他已朝著自己的方向看來。
「嗯？」
「沒聽過嗎？揖斐川。」
「你是說在岐阜縣的，那一條？」
我驚魂未定地回答著。
這樣說來，貴樹和我一樣也在中部地方待過。
「對啊，我今天在圖書室裡翻地圖冊的時候找到的。妳不覺得很有趣嗎？會不會在世界的某處也有一條多摩川啊。」
「所以說，這個世界的某些地方其實都是串聯在一起的囉！」
我若無其事地說著。
他竟然，像是發現新大陸般興奮地直盯著我看。
「我怎麼從來沒想過。」
他若有所思的仰望遮蔽天空的枝葉，還有水泥做的鳥居跟鋪滿石子的小路，然後肯定地低語著：「沒錯，一定就是這樣的。」
他流露出佩服的神情，持續反覆思索我無意間說出的那句話。

我慢慢害羞了起來，雖然直視著別人的眼睛是他一直以來的習慣。

那真的只是突然浮現腦海中的一句話，沒想到會引起他這麼強烈的共鳴，反而讓我不知所措。畢竟從來沒有人像這樣，為我的發言印象深刻，甚至是深受其感動，所以才會令我如此困惑動搖。

一直以來都是接受的那一方的自己，也沒想過能夠給予他人什麼。

貴樹接著撇開了視線，然後將手緩緩地靠近兩側的貓，說：「白色的叫做咪咪，有茶色斑紋的是巧比。」

「牠們是兄弟嗎？」我問。

「不知道耶，但牠們一直都在一起。」

我伸手撫摸攤在一旁的咪咪，搓揉牠的脖子，綿綿鬆鬆的白毛就像棉花一樣，柔軟得令人放鬆。

較與人親近的牠，馬上轉過頭來，用額頭蹭著我的手，不一會兒的功夫，卻又突然起身，快步穿過旁邊的小路走掉了。

巧比一副不耐煩的樣子打著哈欠，慢慢地從後追了過去。

我帶著不可思議的餘韻回到家，一頭栽進床鋪裡，用棉被裹住全身。

然後，開始想像著遙遠國度裡的那條揖斐川。

那會是怎樣的一條河呢？

我猜想，它不會是條洋洋大川，應該會更可愛一些，但也不是那種流水潺潺的涓涓溪流。

它的河道雖窄，水卻很深，水流深刻而溫柔。

然後只要夏日的豔陽照射在凹凸波折的水面上，就會閃耀成一條發光的河。

這是我對於那個從沒去過的國家，從沒看過的那條河所作的幻想。

我趁著這份激情，走向書桌，從抽屜裡拿出筆記本。

那是一本再平凡不過的小簿子，上面甚至沒有寫上標題。

不過，這可是我的寶貝。我有一個稍微與人不同的嗜好，習慣性會把在書上讀到，或是在電視上看到的一些看似沒用知識的片段，記在筆記本上。

例如，地鼠一天若是沒有吃到跟自己等重量的食物就會死掉、世界上約七千多種語言，將會有一半在一世紀後消失，或是位於巴黎的「新橋」，是塞納河上既存最古老的橋等，這樣的小知識都會被我仔仔細細地記錄著。

馬上就要寫滿第三本了。

我是在之後才發現，原來這是小時候用來保護自己的方式。而記錄就像是個儀式，搜集到的知識是為了能夠更接近這個世界的祕密。

那時候的我認為，只要設法記住這些情報，這些像是解答一般的情報，就可以理解這個世界的運行，那個往後的自己不得不面對的世界。

我在新的一頁寫上「法國還有日本，都有一條揖斐川」。

稍微遲疑了一會，又在後頭加上了一句「而世界就是這樣連接在一起的」。

對了，明天拿去給貴樹看好了！他一定會嚇一跳然後更加佩服我的。

不過我想，說不定他平時也會特別留意這樣的小知識，甚至也有一本寫著同樣內容的筆記本。

如果可以跟他分享就好了……

但就在我想到要拿本子給他看的瞬間，一陣尷尬又難為情的感覺湧了上來。

直到最後，我還是沒有讓他看到我的筆記本。

## 12

關於五年級的回憶，還有一件事，讓我想要特別寫下來。

如果我和貴樹共有的時間還有空間，能夠沒有任何雜音，就這樣安穩靜謐地度過該會是多麼幸福的事呢？

不過，現實總是不如預期。

已經進入青春期的年紀，周圍的同學們開始意識到了一些事情。

我們的感情真的很好，不論什麼時候，兩個人都在一起。

這對於小學生來說是多麼刺激有趣的狀況，當然，他們是不可能放棄這樣能夠嘲諷嬉鬧的大好機會。

那是一個很長的休息時間，我想應該是午餐的時候。

有一群男孩們，用力的戳了我的肩膀，一如往常地開起了「什麼時候要結婚啊？」那類的玩笑，然後使用的言辭也越來越直接。

雖然現在回想起來，這些行為算是相當可愛的，但對那個時候的我來說，世界上沒有比這更致命的事情了。

想要說些什麼的我，偏偏在這個時候因為過度緊張而發出了奇怪的聲音，班上同學們可是笑得更開心了。

我感覺到渾身的雞皮疙瘩都站了起來，而我也像是結凍一般，愣在原地。

貴樹剛好不在我的身邊，同學們也是瞄準了這個「剛好」，開心得對我進行一番嚴刑逼問。

最直接的惡意襲來，我毫無招架之力，沒有他在身邊，彷彿又變回那個什麼都不會的自己。

那些不懷好意的同學，一發現我任由他們攻擊，行為更是變本加厲了起來。

他們站在黑板前，肆無忌憚開始塗鴉，就是小時候最常看到的那種「愛愛傘」，傘下理所當然的寫著貴樹和我的名字。他們還在旁邊用彩色的粉筆畫上很多裝飾。

紅色的粉筆飛舞著，在我的名字前面寫上了貴樹的姓氏，將我冠了夫姓變成了「遠野明里」。

連句住手都說不出口的我，只覺得心跳聲越來越大，大到自己的腦中都回響著「噗咚，噗咚」的聲音。

明明壓力不斷增加，刺激著我的神經，為什麼我還是動也動不了呢！

同學們完成了大作，興奮地鼓譟了起來，這時我才抬起還在發著抖的腳步，試圖朝著黑板走去。我明確地知道接下來該做哪些事情，就是伸出手，拿起板擦，然後把黑板上那些討人厭的塗鴉給都給擦掉。

但是，越接近黑板，我越發現自己做不到。

和眼前黑板上的塗鴉相比，它所帶來的壓力就像是在嘲笑著自己的意志力般，壓迫著我，再度使我動彈不得。

惡意。

惡意。

那些沉重的惡意竟化成了像是濃霧一般的怪東西，從四周捆住了我，連呼吸都覺得困難，而男孩們的笑聲，比起此時黑板前冉起的怪物所帶給我的恐懼，好像變得無所謂了。

我想那就是惡魔。

原來祂不僅僅是故事中虛構的角色，而是切切實實存在於這個世界上啊。

祂是被粉筆畫的隙縫中滲出氣體般的意志給召喚出來的，那是我最為害怕的事實，那是將我的身體緊緊綁住的無形繩索。我無法在黑板上對上任何的焦點，而我發燙的臉頰更顯得冰冷的腳尖正凍結著。心正逐漸地被撕裂，我也慢慢地低下了頭。

我想再過兩三秒，眼淚就要奪眶而出了吧。

就在這個時候，像是要白色塑膠地板給震碎般尖銳的腳步聲傳來，驅散了繞縈在我身旁的濃霧，而四周嘲笑我的那些閒言閒語也戛然停止。
我轉頭一看，貴樹正繃著嚴肅的表情向我奔來。
那股氣勢連我都感到害怕，在他接近的瞬間還忍不住縮起了肩膀。
他直接且堅定的拿起板擦，用強勁的力道往黑板揮了幾下。
從塗鴉中心向旁邊斜劃過去的擦痕，擋住了文字的排列，使得上面的意思也變得難以閱讀，我這才像是從鬼壓床中被釋放了一樣，恢復了正常呼吸。
忽然，我的手腕不知道被什麼給抓著，在我正感覺到驚慌的時候，抓住我右手的，竟然就是貴樹。
他放開手腕，重新用力握好我的手，我同時感覺自己的手正朝著跟身體不一樣的方向移動，然後全身突然變得好輕好輕。
貴樹就這樣抓著我往教室外奔去，又或者說我們倆手牽著手一起跑出了教室。
我完全不知道該如何形容那時候的感覺。
飄飄然的……
一種無法言喻的解放感，包覆著我。
只有一開始像是被他拉著走，因為在那之後我的身體開始失去重量，在無重力的狀態下飄浮。
我和他牽著手在走廊上跑著，身後傳來教室內歡聲雷動的掌聲和口哨聲，就像是輕輕推著我們前進的風一般，我平靜享受著被解放的快感，還有貴樹因牽著我而變得僵硬的手。

隨著他強而有力的手勁，我感覺到好像還有別的東西也流進了我全身，抽走了我的力氣。

午後的走廊，打過蠟的地板反射出從窗外照射進來的強烈光線，竟眩著刺眼的光芒。

就像是在穿越那道眩光般，我們跑向了陽光照耀下的校園。

我就是在那個時候發覺的。

自己喜歡貴樹的那份心意。

這是我跟他第一次牽手，我卻有不想再放開這隻手的衝動，多希望能一直像這樣牽手走下去。

我們一路跑到了學校角落的倉庫後面。那裡長滿了雜草，還放置了一些巨大的岩石標本，那些應該是理科的教材。

真的像是校園的死角一般，往四周看去，一個人影也沒有。

我們躺在一旁的雜草堆裡，就這樣蹺了第五節課。當然後來也免不了引起了大騷動，被老師狠狠地罵了一頓，但出乎意料地我卻一點也不在乎。

那個下午，我們聊了好多話，一旦話題停止了，就一起抬頭看著藍藍的天，還有些微移動中的白雲。

途中其實不停閃過，好想再一次觸碰貴樹的手的念頭。

我想那也是我第一次，有想要跟他接吻的想法。

## 11

我們就這樣迎接了升上六年級的春天。

氣溫變得和緩，不再需要厚重外套的那個時候，母親總是會去幫我添購一些春裝，然後說著「在東京的孩子們果然還是很會打扮啊！」之類的話，明明來到東京都已過了三年。

母親喜歡像小公主一樣的服裝，買的衣服都會有可愛的荷葉邊裝飾，每次穿上，都覺得好像變成了洋娃娃似的，但也會忍不住感嘆，現在的自己竟然變得能夠穿著像這樣引人注目的衣服到學校去。

我開始不再在意旁人的眼光，能夠抬起頭，大步地往前走，也可以隨時依照自己的心情開懷大笑。

而我和貴樹在一起的時間也越來越久了，在學校我們總是形影不離，午休還有放學後我們也會一起躲在圖書室裡看書，分享閱讀心得。如果覺得白天在學校還聊得不夠，回到家就會瞞著父母講好久好久的電話。這樣親密的狀態，連周圍的同學都已經懶得說我們什麼了。

我有時候會若有所思的突然牽起貴樹的手，牽起手的同時，又都會感受到一股悲傷卻溫暖的情緒。

曾經我以為到死之前都不能夠被愛，現在身邊卻出現了像這樣難以割捨的羈絆，真的令我無法置信。

他竟然能夠完全地了解我。

不論我說什麼他都能夠完全接受。

我們常在放學後，到各種地方約會。

我記得那年的櫻花是在三月二十四號左右開始綻放的，然後不到一個禮拜就盛開了。

在回家的路上，每次只要經過參宮橋公園旁的小路，就會感受到公園裡的粉紅色氣息越來越濃郁，而我也滿心期待那樣的轉變，所以都會忍不住多看櫻花樹幾眼。

因為是在櫻花盛開之前，風一吹，還算稚嫩的花瓣，就會踩著青澀的舞步飄落下來，那光景滿是幸福。

參宮橋公園座落於一個住宅區中央的小山丘上，是個被樹木環繞，孩子們的遊樂場。只能容納一臺三百六十ｃｃ的輕量級小車通過的小坡道，迂迴地繞過公園，然後往小田急車站的方向慢慢轉成下坡。公園裡的櫻花恣意生長連枝幹都伸到了路旁，小道好像都裝飾上了櫻花所作成的屋簷。

這條路離上下學的路線有些距離，但是為了能夠在這滿溢著櫻花的花道上漫步，我總是拖著貴樹陪我走過去。

太陽終於願意在烏雲中露出笑臉，溼漉漉的道路逐漸地被晒乾。

在回家的路上，我跟貴樹沐浴在櫻花的氛圍中。路上的小水灘映照著開滿櫻花的樹枝，落下的花瓣激起了小小的漣漪。

或許是因為午後的那場雨，櫻花樹上的花瓣，就像是舞臺劇中灑下的碎紙花般飛舞飄落。

聳立在路旁的水塔，被紛飛的花瓣染成了浪漫的粉紅色，就連四周空氣都充斥著粉紅色的光暈。我們走過滿是枝蔭的小道。

「你知道秒速五公分嗎？」我突然冒出了一句。

「咦？那是什麼？」貴樹流露出困惑的神情。

「是櫻花飄落的速度喲。秒速五公分。」

「嗯……明里知道的還滿多的嘛。」

他用著溫吞的口氣，理所當然地回答著我。

貴樹，你知道嗎？

就像是心跳般自然的動作，用有菱有角數字所呈現這樣不可思議的心情。

這不就是在說訴著我們的故事嗎？

秒速五公分。

一切太過真切的符合，我彷彿聽到命運的鐘聲。

我想這句話，就是我隱諱的情書，無意識透露出來愛意。

我們是這樣自然的聯結在一起。

也希望能夠這樣一直走下去。

花多點時間，緩慢地一小步一小步築起我們的羈絆就足夠了。

像是櫻花落下的速度，徐徐飛舞，穩定且踏實。

我想用最自然的方式與你結合。

那天被世界上最美麗的事物圍繞，我無疑是這個世界上最幸運的人。

當然，才十一歲的我，並沒有那麼確切的自覺，而那句秒速五公分的呢喃，是出自單純的直覺還有那小小的心願。

雖這麼說，其實我對貴樹那樣不痛不癢的反應感到有些不滿。

猶如花吹雪般，花瓣激烈飄散落下。朝著前方邁步的我，受到這樣戲劇性的畫面感染，情緒顯得十分高昂。

我試著伸出手，用手掌心捧著飄落的花瓣，它就像是要避開我的體溫似的，才碰到手掌，又倏地跳開。

「你看，好像下雪一樣呢！」

「是嗎？或許是吧……」

貴樹常常會像這樣，習慣用疑問的形式回應別人。

「這裡櫻花紛飛的時候，地球的另一頭正在下著雪吧！」

「日本的另一頭可是巴西喔。」

他又像這樣沒有情調的回答。

但正確來說，相對應的位置應該是阿根廷的近海。

「我當然是指平行世界啊！」我這麼說完後，快步向前走。

奔向櫻花隧道的下坡道，樹枝的剪影與漏光交錯，眩染了視線。

「喂！等等我啊！」

我聽到身後傳來貴樹的聲音，他正在後頭緊追著我。腳步聲就感覺得出來。我繼續跑向彎道的最底處，在櫻花樹列的最後一棵樹後面躲了起來。

雖然從他身邊逃開，卻是如此安心。

能夠像這樣，深信著會有一個人從後方追來，是多麼幸福的事情。

下坡後，我轉了個彎，旁邊就是平交道。

像是從住宅區中心貫穿的小田急線行駛著，警示燈已經開始鏗鏗作響，柵欄也緩緩放了下來。

我趁它還有空隙前穿越了平交道。

照理來說櫻花樹列早已被擋住才是，但在風的吹拂下，就連鐵道上也出現了櫻花的花瓣。

柵欄完全放下的同時，我站在平交道的另一邊。

回頭看，貴樹正被黃黑相間的欄杆阻擋在對面。

「明里！」

他竟露出比想像中還要擔心的神情，感到意外的同時我打起了傘。

怎麼了嗎？

不就是柵欄放下來了而已。

「貴樹——」

我咕嚕地轉了一圈，用傘接住了紛飛的花瓣。

你看，不就跟下雪一樣嗎？

「明年，我們也能像這樣一起看櫻花就好了！」

不只明年，明年的明年，還有之後的每一年。

就在我要說出這句話的同時，從左邊行駛過來的電車發出轟隆隆的噪音，穿過我們兩人之間。

一瞬間，我不安了起來，那巨大的車廂還有轟聲遮蔽。我看不到另一頭的貴樹，也聽不到他的聲音。

只是這樣的阻礙就足以造成我內心負面的傾斜。

如果他就這樣不見了，那該怎麼辦？

不過沒事的，無需擔心啊！只要等車輛全部通過，隨著惱人的噪音離去，貴樹一定還是好好的站在對面。濃厚的春天氣息，午後的陽光，還有像雪一樣的花瓣，這些全部都跟他一起，依然留在我的身邊。

柵欄再度升起時，他等不及地要往這邊衝過來。

我的雙腳也受到他腳步的鼓舞，像是要去迎接他般往平交道中央走去。我抖掉上頭的花瓣，一邊收起傘，一邊對於我們正在縮小的距離感到心安。

只是這樣走到他的身邊，竟感受到比春天的陽光還要溫暖的光暈。

在我們倆回家途中，像是回應我的心意般，貴樹突然地這樣問我：「明里要上什麼國中呢？」

「國中嗎？」

「對，有什麼打算嗎？」

我在心中歪著頭，面對這個從未考慮過的問題。如果沒有意外的話，應該就是到區域性的公立國中就讀吧！

「家裡沒有討論到要妳去念私立國中之類的事情嗎？」

他說著。

「其實並沒有特別提到……」

貴樹輕輕地哼了一聲，好像什麼事情都沒有發生般，用著和平常一樣乾乾的聲音說起了這樣的事情。

離這裡不遠的地方，有一所國高中連貫的私立完全中學，他的家人是希望他可以去那裡就讀。

然後，他又繼續說著。

「明里要不要一起？」

「嗯？」

「我是想說，如果明里可以的話，要不要一起去。」

我聲音突然變得急促。

「嗯，那要回家問問看媽媽。」

我還在思考這件事情所代表的意義。

其實並沒有那麼多孩子會特地去報考私立的國中，班上也沒有聽說有誰有這樣的打算。

像那樣的地方，貴樹說他想跟我一起去。

就只有我跟他兩個人，要去一個全新的環境。

若是就近在同區域的公立國中就讀的話，一定還是會遇到現在班上的那些成員，甚至繼續像現在一樣分在同一個班級裡。

雖然說這其實也沒有什麼不好，但一想到升上國中有時還是要遭到他們的冷嘲熱諷，就覺得有些反感。

如果，就只有我們兩個一起去另外一所國中的話——

完全沒有人認識我們的學校。

只有我們兩個人，然後在一個全新的環境從零開始，創造一個只屬於我們的新世界。

這是一個多麼吸引人的可能性。

同時，我也發現了一件事。

不就跟轉學一樣嗎？

不過這次，竟然是自己主動要求的轉學。

而且令我相當意外的，卻一點都沒有感覺到害怕。
我想這都是因為在身邊的那份溫暖。
這是我的答案。
「我覺得這個想法非常好！」
而我想，與他的距離再縮短三公分。

我是那樣深信不疑的。
擅自覺得他的那份溫暖會一直屬於我。
雖然自己有時候會裝起大人的樣子，希望外界都覺得自己是很成熟的，但事實上，我就是一個小孩。
我們就要上同樣的國中，而未來也會像這樣一直在一起吧！
那時候的我想都沒想過，就在一年後，一切真的只能成為遙想的希望。
明明是那樣深切的知道，好事一向不會發生在自己身上的啊……
原來從頭到尾，都是我自作自受。

## 10

牆上掛著的水手服一點都不開心。

新買的制服還沒下過水，硬邦邦的布料，光用看的就覺得很沉重又緊繃。新的房間還擺滿了搬家用的紙箱，我用著受到懲罰的心情穿上了它。

我不想穿鞋，我也不想出門。

只要去了學校，參加了開學典禮，我真的開始要在那所中學上課了。

如果我現在不出門，說不定奇蹟就會降臨，還可以帶我逃離這個地方，直到最後一刻，我都還懷抱著這樣空虛的白日夢。

然而，我不可能阻擋得了現實的洪流，眼前的事實正一點一滴地拉扯著我，強迫我去面對。

陌生的制服所帶來的違和感籠罩，我踩著厚重的皮鞋，不情不願準備去上學。目送我出門的母親，離別的話語一樣令我厭煩。

無力地走出家門，才走了幾步，就不見民房的蹤影。眼前一片片尚未灌溉的土田。向前望去，田地綿延持續好遠好遠。在更遠的那頭，還看到黑壓壓的雜木林，點在山坡上。

心中不斷湧出同樣的疑問。

我到底在哪裡？

當然，確切的地理位置是清楚的，但我還不打算接受這一切。

我在田埂中的小道上，碎步走著。

越走就越接近現實。

我看到架設在田邊的兩毛線鐵道，岩舟站月臺也逐漸出現在我的視線範圍內。車站的正後方座立著紅棕色的岩石山。

以岩石的標高來說它並不算是高山，但在平原中聳立切出，看起來是相當雄偉。山的形狀像是一艘船，所以被稱為岩舟。而在岩舟山旁的車站是岩舟車站，周邊的區域當然就叫做岩舟鎮。

不過山的稜線實在過於簡單，缺乏角度，看起來反而不太自然。

刷著剛買好的定期車票，我走向水泥地鋪成的月臺。

這些不熟悉的動作在在都讓我感到焦慮而無所適從。

定期票入口尖銳的角度令我緊張。

站在月臺上，剛剛所看到的風景一望無際，周圍的建築物很少，天空相對的就遼闊了些。

橘綠相間的復古列車從右方駛來，所謂的兩毛線，就是連接櫪木縣和群馬縣的其中一條鐵道路線。

從今天開始，我就要坐著這臺電車，去櫪木縣小山市的公立國中上學。

車門自動地打開，我坐上車後，發現車上乘客異常的少，明明是通勤時間啊。車內吊掛的廣告也少得可憐。

一個人坐在空蕩蕩車廂內。

不對勁……

電車的車輪，刻下了節奏。

為什麼我會……

為什麼我會……

腦中縈繞的話語，不知什麼來由全部從中被切斷。

學校的正門上掛著入學典禮的看板，上頭貼滿了裝飾用的紙花。

我鑽過那道門。

入學典禮開始了，我走進被分配到的班級，然後走到規定的位置上，我刻意撇低視線坐了下來。

四周充斥著男男女女的嘈鬧聲刺耳，看到不認識的同學單純而興奮著神情，不知道為什麼，我竟覺得有些受傷。

那些從身旁走過的同學對我來說都像不真實的幻影般……

級任老師拉開拉門走進了教室。

輪廓令我難以辨識。

好像在說些什麼的樣子。

以我現在的意識狀況也無法理解他到底在說什麼。

每個人照著順序開始自我介紹。

受到脅迫的感覺使我的心情忐忑不定。

不知道被誰催促之下，我匆匆忙忙地站了起來，這才發現已經輪到自己了。

我聽到難以承受的竊笑聲，此時終於抬起了頭，看了看四周。

全班的同學都坐著，只有我一個人站立的高低差使我暈眩。

就要倒下了。

所有人都轉過頭來看我，那些視線全集中在身上像針扎一樣。

呼吸停止，心臟強烈收縮。

那種恐懼，不單只是情緒上的，無形的重力襲來，搾乾我身上所有的水分。
我感到痛苦，視線開始旋轉。

下意識地竟開始期望著，曾經拯救我的那句魔法咒語。

不管是誰都好，快對我說啊！
但耳邊傳來的卻只有低級的揶揄還有無情的笑聲。

原來如此……
這不就是原來的我嗎？
再度變成一個人的自己。
櫻花開了嗎？
我也無心去在乎了。

# 9

讓考上的通知書成為一張廢紙的，是在六年級那年的春天。

二月中旬的時候吧，我跟貴樹雙雙通過了私立國中入學考試。

我們本來就不容許自己在這種地方失敗。

兩個人興奮地將手中的通知書握緊，像男孩子般用力重擊著對方的拳頭。

手牽手一起去一個陌生的地方，這是全新的體驗。

雀躍的心，止不住新鮮的期待，實在太令人開心了。

從沒想過，我會這麼在意這些新的事物——

例如說新的制服，還有新的上學路線，還有不熟悉的校門等等，我也會好想知道對那些事物他會有怎樣的感想。

我們凝視著對方的臉，像是在確定什麼一樣。

凝視著伸手就可以觸摸到的未來，那種快樂，是我從未體驗過的。

「爸爸要調回櫪木縣了喔！」
正在打掃的母親用著閒話家常的口氣說道。
那時我才正放下書包。
「什麼……」
一開始我的腦筋還轉不太過來，穿著拖鞋啪嗒啪嗒傻傻地朝母親的方向追過去，心中充滿著不祥的預感。
「調職，所以我們……」
「這是最後一次了，爸爸一直想要回到櫪木的總公司，所以都有提出申請，今天終於通過了。剛剛打電話回來的時候聲音聽起來很開心喔！不過在東京的機會好像還是比較多。」
「嗯，所以說……」
「爸爸覺得差不多該定下來了。你看，我們還在租房子，而老家也剛好空了出來啊！對了，搬進去前要先找清潔公司打掃一下才行。」
「那個……」
這是到底是怎麼一回事？
「可是，我考過了耶，私立國中的……」
「是啊……」

媽媽停住腳步，單手托著腮，一副很困擾的樣子。

「這可怎麼辦才好呢？」

媽媽的那個表情，雖然像是在傾聽我的意見，但時間一過，一切就會被草草帶過的，我看得出來。

我不知道跟父母親溝通了多少次，他們的結論還是一樣堅定。

也就是說，他們決定要當做入學通過這件事情從沒發生過，帶我回櫪木去就讀那裡的公立國中。

面對如此不合理的結果，就連讓父母理解這一切有多不合理，身為小學生的我都是無能為力。

我覺得我已經想盡辦法解釋給他們聽了，不過像這樣，從一開始就決定好的事情，不論我說什麼，應該也都無力回天了吧。

相對的，當被問到，自己到底為什麼如此堅持要在這裡唸書這件事的時候，我反而一句話都說不出來。

跟貴樹中間特殊的情愫我從未向父母親提過。

就因為太過重要，所以更不可能輕易地拿出來談論。

我是不允許任何一點雜音在我們倆之間出現的。

但是否只要我跟父母親坦誠，結果就會有所改變呢？

不！結論是不會改變的吧！沒有任何父母會讓國高中時期的孩子離開自己身邊的。

現在的自己雖然能夠體諒，但對那時候的我來說，世界上沒有比這更不公平更委屈的事情了。

我的頭就像發燒了一樣頭痛欲裂。

這樣真的好嗎？但是對於現實來說，這似乎是合理的。

就在我眼前發生。

我眼神的焦點一會兒前一會兒後地在母親臉上游移。

突然出現的那面牆，狠狠擋住了我的去路，壓迫著我。

就像那時候平交道的柵欄。

我站在列車通過的另一側。

我想這就是命運的捉弄。

身心俱疲的我無法起床去上課。

腦壓不斷地升高，頭痛不止，甚至希望自己繼續衰弱下去，模糊的視線，遲緩的知覺，就像這樣靜止，不願再起身面對這一切。

我躺在床上，閉起眼，切斷和外界所有的聯繫。

慢慢的，我發現「放棄」滲透進了自己的意識中。
延展出的念頭，從末端開始流竄，逐漸吸乾了我的力氣，試圖支配我的全身。
我想……
不論怎樣的抵抗，都無法改變這個事實的。
我還是會被強制帶離這個地方。
真真切切體悟到這個事實的我，心情就像是被宣判有罪，即將送往監獄裡去一般。
就在決定接受事實的瞬間，一陣劇烈的焦慮襲來。
貴樹……
我要怎麼面對他呢？
我知道，自己是沒辦法當作什麼都沒發生似的跟他見面。
不可能的，再怎麼努力都做不到。如果真的這樣做了，我的心也會在他看不到的那一面完全崩壞殆盡。
但另一方面，若是我就這樣持續向學校請假，貴樹一定會打電話到家裡來吧……
那同樣讓我感到恐懼。
時間一久，更覺得自己承受著莫須有的懲罰，感受也越來越強烈。

留下是不被允許的，那個畫面在心中不斷地擴張，我就要被送往監獄裡去了嗎？為什麼會受到這樣的對待呢？

這一切都是因為，自己是有罪的。

一定是因為自己不好，犯了嚴重的錯誤，所以才會這樣。

我是壞人。

明明自己從來沒有受到周遭如此善意地對待啊！

沒錯，我本來就是一個思想扭曲，總是受到嘲笑的人啊！

這一切都是因為自己得意忘形所得到的報應。

我必須要跟貴樹解釋清楚才行，他是不可能知道我的真面目的。

若是讓他知道我刻意隱瞞，他一定會鄙視我的。

所以，我必須先自白。

向他傾訴身上背負的罪。

我一直躲在被窩裡等著，一聲不響。換好了外出穿的衣服，領口圍著羽毛的短大衣，手一摸額頭才發現早已熱得全身發燙。

已經接近午夜了。

我悄悄地經過玄關，溜了出去。

外面的空氣像結凍般寒冷，我感覺到自己的腳趾正照著順序慢慢失去知覺。然後就這樣晃到大街上。

我的目標是公共電話亭。

家中禁止深夜電話，而且我也不想在父母的注視之下跟貴樹通話。

但很少使用公共電話的我，無法確切掌握電話亭的所在位置。

憑著模糊的記憶在高速巴士站旁邊，找到了路燈下的那個電話亭。

路上一個人也沒有。

主要幹道上，車子則是毫不客氣呼嘯而過，

抬頭看著上方的高架橋，好像隨時就要倒下一般壓迫著我。

我站在電話亭內，插入卡片，按下了號碼。

光是按幾個紐，就需要很大的勇氣。

四周的玻璃窗雖能擋住亭外的強風，裡頭卻一點也不暖和。

從口中不斷吐出白色的煙霧。

話筒傳來嘟嚕嚕嚕嚕的聲音，好像被外面的車子給帶走般，斷斷續續的。

咔的一聲，有人接起了電話。

「您好，我姓篠原，請問貴樹在家嗎？」

接電話的是他的母親，我想我應該有很清楚地把話說好。

我心急地扭著電話線，雖然這是我一直以來的習慣。

轉接的音樂響起，沒來由地使我更加緊張。

「……轉學？」

貴樹的聲音如往常一般平穩，但今天卻聽起來格外生疏。

「……那，西中怎麼辦？好不容易考上了。」

我感覺到他說著話然後當場坐下的身影。

他也感受到了不祥的預感。

就像是環抱著自己，我緊貼著話筒。

「我已經辦理轉學到櫪木公立中學的申請……對不起。」

「不……明里沒有什麼需要道歉的……只是……」

他的聲音，漸漸變得嚴肅，我戰戰兢兢地等待著的回應。

「我和家裡人說要借住在葛飾的叔母家繼續留在這裡念書——」

我的聲音開始變得潮溼，哽住了喉嚨，情緒一股腦的滿溢而出。

貴樹，貴樹……

他的名字不斷在我腦中迴響。

「但是爸爸說我現在還太小了，不能答應……」

那殘響造成胸口很大的震盪。
淚水止不住了，我哽咽了起來。
淚珠一粒粒地打在自己的鞋尖上。
還是哭了出來，雖然有想過，卻依舊措手不及。
為什麼身體總是那麼快的就作出反應。
抽搐的胸口，費力地呼吸著空氣，試圖停住自己的嗚咽。
但潰堤的淚水，傾瀉而下。
「我知道了！」
另一頭的他用尖銳的語氣說道。
「已經夠了，不要再說了。」
面對他這樣出乎意外冷淡的態度，我頓時止住了呼吸。
不論在什麼時候，身體總是率先得作出反應。
在那之後是一陣空白，時空出現落差。
我的心若是有形的，我想我就能聽到它應聲碎裂所發出的巨大聲響。
「夠了……」
話筒像是故意放大了這句話般，在我耳邊回響，耳膜都要被震碎了。
我漸漸地低下了頭。

自己也漸漸地分裂。

在思考的我，在感受的我，無論如何都立刻作出反應的我，還有那個在旁邊觀察自己的我……

各個不同的我都擅自作出反應，咀嚼著貴樹說的那句話。

不耐煩的口氣，帶著憤怒情緒的聲音，他尖銳的回應——

好可怕。

最後統合出來的情緒，是對貴樹的恐懼。

從沒聽過那樣的聲音。

他也從來沒有那樣對我說過話。

我的心正淌起了血。

呼嘯而過的卡車，震得電話亭的玻璃晃動。

每當有車子經過，帶起的風，就像要把我吹倒似的。

「對不起……」

喉嚨像上了鎖般，說也說不好。

用力壓著聽筒的耳朵都痛了，我還是希望可以藉此聆聽他的氣息。

車子的噪音卻又不留情地覆蓋過去。

掛上電話，金屬碰撞的聲音，冷淡地響著。

摸摸自己的手，還是在不停發著抖。
好可怕。
好可怕。
好可怕……
我已經分不清楚自己到底是在對誰講著這句話。
但這樣的心情，我該帶去哪裡？
這句話，我又能對誰說呢？
我在夜晚的電話亭，獨自一人。

在那之後，見面都覺得尷尬的日子，就這樣過了一個月，來到了我們畢業的那一天。

在所有的典禮跟活動都結束之後，我跟貴樹說上了話。
我們就站在那個打過蠟的地板，閃著午後光輝的走廊。
一開始不知道該怎麼開口，下意識地不停晃動著雙腳。
「那麼，從今天以後……」
我努力地僵起笑容說道。那天梳著丸子頭，頭頂那個令人不愉快的重量不知道為什麼還清楚地留在記憶裡頭。

「……就要說再見了！」

偷看著他的側臉，我想他沒有原諒我。

教室傳來男同學們用畢業證書打鬧，令人討厭的聲音。

我也不知道櫻花到底開了沒。

就這樣，裝做什麼也看不見，我默默地走回家。

步伐越縮越小，趁著身旁一個人也沒有，我用手摀住自己的臉。

又要變成一個人了。

不會有人在我旁邊了。

明明有那樣想到達的地方，為什麼就是不讓我過去呢？

總是這樣的。

我總是得向著自己不願意的方向移動。

若是時間能停止就好了。

若是櫻花沒有開就好了。

# 8

我切斷我的理智，變成了機器，就這樣搬去櫪木。

目送搬家公司把所有紙箱跟傢俱搬上卡車後，我和家人從新宿坐電車出發。坐上琦京線，在大宮下車，換宇都宮線，再到小山轉乘兩毛線。

從經過的站數多寡，還有漫長的乘車時間，使我對「遙遠」兩字重新定義。

車窗看出去的風景，也從繁華的都市變成聚落的民房。

民房之中開始出現稻田，然後越來越荒涼，完全就是農業為主的地帶。

遠方的山，也越趨接近，甚至可以清楚地看到岩石的紋理，還有稜線。

隨著風景的轉變，在我胸口的結痂也開始奇癢難耐，尚未復原的傷口在內側隱隱作痛。

當初還覺得陌生的東京，不知道從什麼時候開始竟變得熟悉且令我安心。世田谷到代代木之間的街道在我眼中是那樣的可愛。

想到這裡，呼吸又開始糾結。

悲傷從傷口蹦了出來。

我想哭出來應該會輕鬆一些吧！

但不知道為什麼，現在的我哭不出來，眼淚像是乾涸了一般。

只剩下微微顫抖的雙手，和令人反胃的嘔吐感持續著。

我們在荒無一物的櫪木縣岩舟車站下車，刺骨的寒風吹得我皮膚緊繃。

好像從前幾天開始下的雪吧，明明已經都過了春天。

已經結成冰的雪，半透明的包覆著車站的日蔭處。

就像是在地球的內側，我在這個沒有貴樹的世界。

上了國中的日子，我沒有什麼好記錄的。

不跟任何事物做直接接觸，維持警戒，屏住呼吸，只是等待日子一天天過去而已。

我立起看不見的牆，盡量不讓周遭影響自己。

或許在外人眼裡看來，我過著平靜而安穩的日子。而我也漸漸瞭解戴起這種面具的重要性。

但我心中的那個不知名的異獸卻不時舞動著。

牠身上長滿細細的纖毛，不斷刺激著我的肺部，有時還會像發作般劇烈動作，這讓我相當困擾。

對外界拉起警戒的我，總是仔細注意著周遭的聲音，對笑聲尤其敏感。

就這樣單純地等待時間慢慢流過。

唯獨男同學看我的眼神，和小學時候有著些微差距的部分，使我相當憂鬱。

在母親的強迫下，我無從抵抗地加入了籃球社這樣運動性質的社團。每次練習的時候我都感到十分後悔。

我討厭那種社團獨有的，那種對場面的強制力。

就像是一種無形的規則一樣，但沒有辦法拒絕的我只有忍耐。

心理上的屏障，使我漸漸開始被孤立。

雖然已經盡量的不去感受任何事情，但有些地方，對於我這種人來說，不得不嚴肅地去看待。

我認為，用哨子來叫人是很不正確的事情，為什麼在這個被稱作學校的場所卻沒有人正視這個問題呢？

若是在別的場合，任誰都會感到憤怒的這種行為，在這裡竟然能夠通用而合理。

有些時候只是輕輕拍了別人一下就會被認定為犯罪，就會被警察帶走，在這裡就可以輕描淡寫地帶過。

為什麼學校是如此的合理化這些卑劣和低俗動作。

而強烈感受到這些錯誤的我——
為什麼沒有辦法正確地表達出來呢？
說不出口。
多希望自己可以銳利的一語道破這一切。
不，就算不是言語上的，只要能夠表達出來就好了。
該如何傳遞出與大眾相反的訊息，只是一個呼吸，一個眼神，就能夠加以回應的體驗，我明明曾經有過的啊……
大概，一個人的我是做不到的。
能夠與空氣抵抗，需要空氣。
能夠與世界抵抗，需要世界。
那不是單憑個人的力量就可以辦到的事。
啊……這一切實在太過低俗。
我需要美麗的事物。
我需要和美麗的心接觸。
真摯的懷抱著如此天真的願望。

在那樣的日子之中，我養成了在心中和貴樹對話的習慣。

難以忍受的心情和說不出口的話語，對著想像的他我就可以坦誠傾訴，跟他說這樣的事，發生了那樣的事，我是這樣想的，用最單純而直接的言語。

我心中的那個貴樹一定會點頭同意我說的話。

「我也是這樣覺得喔！」

當然，他不可能直接給我具體性的回覆，但只要想到有他的同意，我在心境上就會輕鬆很多。

好像幫我分去了一半的痛苦。

# 7

真正把想寫信給貴樹的念頭付諸實行，是國一第二學期開始的事情了。
想跟他聯絡的想法已經潛伏了一段時間。
畢業那天，我說的那句「再見」，在那個時候是真心想跟他告別。
因為所謂的轉學，就是這麼一回事。
隨著場所的移動，關係也就此結束。
經過幾次經驗自然會受到這樣的想法影響。
不過理由當然也不止這些，那時候的我覺得跟貴樹聯絡這件事很可怕。
深深地覺得他一定又會對我生氣的。
鴕鳥心態的我，也沒有勇氣去面對這件事情。
尤其是電話。
我想我再也不敢跟他講電話了吧……
看不到貴樹的表情說話，對我來說已經像是種創傷一樣。
那個冬夜，被他拒絕的聲音，直到現在還在我心中某個角落化為一根針，引起陣陣的刺痛。

進入九月之後還發生很多令我難過的事情，但我並沒有想要詳細寫下來的意思。

畢竟我是切斷痛覺的感知，進入新的學校。決定什麼都不去感覺，這是處理現實最有效的方法。

那時候的我常常迷失在熟悉的道路，也常常莫名其妙走到了自己都不知道是哪裡的地方。

好像還有幾次在放學回家的途中，坐到離家相當遠的車站才發現自己坐過頭。

而這些記憶對我來說都是模糊的，因為那時候的自己幾乎可以說是完全失去意識。

某一天早晨，在我嚴重反胃跑去廁所嘔吐的時候，才真的發覺自己是多麼不願意去上學的。

當嘔吐情形嚴重時，我就會跟學校請病假。

這算是身體上的問題，但也不需要去看病吃藥，自己清楚知道這只是一時的逃避行為罷了。

現在都還覺得如果真的能完全逃離就好了。

一直請假也不是辦法，沒有任何家長或是學校能夠理解這樣的事情。像這樣逃避個一天兩天，到最後也成為壓力的來源。

開關越來越難以切換回來。

勉強自己坐上電車，緩緩駛向學校的那種距離感令我厭惡。

我只好盡量想一些開心的事情試圖沖淡情緒的反應。

想一些有關貴樹的事。

清晨人煙稀少的鄉間電車，空蕩蕩的，剛好適合我溫柔的想像恣意發揮，他的氛圍飄散漸漸充滿著車廂，這是我唯一的慰藉。

我跟他分享一切，心裡想說的話，或是超越言語的那些部分。

持續這樣的生活，有一天，我同樣坐在空無一人的車廂內，從包包拿出的不是常用的手冊，而是有著花紋裝飾的便箋，在從車窗外照射進來朝陽的光暈下，我提筆寫下給貴樹的一封信……

我想心裡的另一個自己應該感到很驚訝吧！

『遠野貴樹啟。最近過得好嗎？』

毫無抵抗的筆觸就這樣順順劃在信紙上。

另一個曾經感到排斥的自己也意外的和寫著信的自己合而為一。

我想，其實早就知道自己一定會這麼做了吧！

『我這邊的夏天雖然也很熱，但是和東京比起來就要好得多了。

回想起來，我還是比較喜歡東京那酷熱的夏天，

熱到快要融化掉的柏油路、熾熱陽光底下的高樓大廈，還有百貨公司與地鐵站裡的冷氣空調。』

趁著換行的時候，我看了看自己寫字的手，然後從記憶中，將那片東京市中心的，搖曳高樓上的淡藍色天空給截取下來。

『我們最後一次見面，是在小學畢業典禮的時候，在那之後經過了半年。』

屈指一算，原來時間才過了這麼一下下而已，但為什麼我卻覺得過了好久好久，好像已經是幾年前的事情一樣。

想著想著心突然沉了一下。

『貴樹，你還記得我嗎？』

他會不會已經把我忘記了呢？

我想應該是吧，畢竟我們都是轉學生，畢竟我們都有著切斷過去才得以面對現在的習性。

一陣恐懼襲來，但我還是狠下心把信裝進信封裡。

已經沒有辦法再修改內容了，也沒有辦法重新讀過那封信。

想到這裡不由得緊張了起來。

慌亂地丟入信箱內，信從手中離開後，我還站在原地反覆確認了好幾次。

在投信的瞬間，我閉上了眼睛。

收到回信是在四天後。

在家中信箱發現寄給自己的信，心跳都要停止了。

好快。

如此飛快的回信速度，我感到好開心。

這樣就足夠了。

我是在放學回到家的時候打開信箱，然後就這樣拿著信，不進家門，反倒向右轉，離開聚落向田間小道走去。

胸口揣著那封信，我快步地跑了起來。

不知道是誰家的土地，看起來就是用來自給自足耕種農作的地方。

在最中間，高度稍微隆起，那裡種了一棵的櫻花樹。

當然，不是花季的現在是不可能開滿櫻花的。

就像是這個地區的名勝景點，櫻花樹根扎實地抓著土壤，四平八穩朝著周圍蔓生，樹枝更是展向天空，好像連接著遠方世界般奇幻美好。

我喜歡那棵樹。

我就在樹下打開了那封信，盤坐在樹根上。

銳利的筆觸讓我不得不被男孩的氣勢壓倒。

一筆一字都十分用力，卻帶有一點神經質的感覺。

雖然用字一樣優美而富禮貌，但我知道，或許是這半年的空白，也可能是因為上了中學，他有些不一樣了。

最明顯的就是字跡的改變，以前我可是整天都在看他寫的字啊。

看著他用與平常說話不同的口氣，文書體的語法，覺得渾身有些不自在。

我想他也一樣覺得難為情吧！

我腦中浮現出各種想像與可能。

但寫信這件事就是很奇妙，就算想要用一如往常的口吻寫作，寫著寫著，卻又會忍不住裝模作樣了起來。

我寄給他的信中，寫的都是一些新生活發生的事，所以他回給我的信，內容是他的近況報告。

我輕描淡寫地寄他也就淺淺帶過地回，就像這樣的感覺。

這或許就是我們的默契吧！

我已經不再期望那些強烈的字眼，甚至不願再去接觸。

不知道什麼緣故，貴樹寄給我的信全部都丟失了。

所以正在寫這篇文章的現在，是無法逐字逐句地將他回信的內容記上的。不過，我可以從心底的記憶裡抽出一些印象。

他的文章寫得很好，一直以來都是這樣，跟半年前沒有絲毫不同。

事實上，那封信真的被我給讀穿了，一遍一遍，反覆地念著。

沒有什麼重點的信，雖然只是靜靜記載了他的近況，但我還是一字一句仔細地讀著看著。

就像是用指尖觸摸著點字般，我也能同時觸碰到他的心，窺探他心中深處的那些漣漪。

貴樹希望我們能一直像這樣通信，交換彼此的訊息。

這對我來說是多麼有力的強心針。

以前看過的外國影集，劇中的女主角抱著心上人從遠方寄來的信，那種既感動又雀躍的身影原來都是真的。

一點都不誇張。

真實的發生在自己的身上後，才體會到那原來都是最自然的情緒反應。多希望信紙可以就這樣融化在我的胸口，與我合為一體。

從此我跟貴樹開始了散發式的通信。

所謂散發，並不是像女孩子間流行的交換日記那樣，這不是我期望的模式。差不多就是一個月一次，交換彼此的近況就好。

一想到他會因此常常想到我，就覺得心裡暖暖的。

每次念著他寫的信，總是會為我們之間的相似而感動。

他正和我一樣，強忍住心中的傷痛，努力面對著目前所處的環境。

他絕對不會在文章裡輕易地寫下「我了解妳喔！」這樣簡單的話語。只是若無其事寫下他周遭發生的事情。

而在那些事情之中，就藏著他跟我的共鳴。

這是我從不知道的他，這樣心思細膩的他。

原來，他的信寫得這麼好。

在電子郵件普及的現在，通信像是即將要消失的文化一般，但一封文情並茂的信，是真正能夠打動人心的。

有時，會從胸口到喉嚨感受到電流。

一封好的信，會讓人感受到如電流般的刺激。

每次回信給貴樹，開頭我一定會這樣寫著。

『謝謝你的回信，我很開心。』

雖然完全不是『我很開心』足以表達的情緒。

一旦寫入信中，就很容易造作了起來，其實我也為此感到有些困擾。

他現在就在東京的某處，一般感受一邊生活著。

只要看到什麼新奇的事物，在他心中的某處，就會響起這句話。

「好想讓明里知道。」

我是這樣確信著。

重新找到了自己的心靈支柱一般，小小的信念竟讓我的心情變得輕盈自適。

到底是為什麼呢？

有人瞭解自己的踏實感的是如此地令人舒適。

『前略，貴樹啟。』

我都是在清晨空無一人的車廂內為他寫信。

『馬上就要進入秋天了，這裡的紅葉非常漂亮。

昨天我也從衣櫃中翻出了今年的第一件毛衣。

穿在水手服外面的奶油色毛衣背心好溫暖又很別致，是我最喜愛的穿著打扮。貴樹穿上制服會是什麼模樣呢？

我想，看起來一定很成熟吧……

因為社團活動比較早，所以我是在電車上寫這封信的。

前陣子我把頭髮剪短了。

及耳的長度，就算見到了面，說不定你也認不出我來喔！』

重新看過一遍，才發現字裡行間藏滿著想要見面的暗示，自己也嚇了一跳。

我想有一半是出於想念他的下意識吧！

只是……

『貴樹一定也會一點一點的改變對吧？』

其實，我對於和成為國中生的貴樹見面這件事感到怯步。
就像這樣，等信寄來，然後回信。
而信件內容，大概都會是這樣吧！

『拜啟，寒冷的冬日持續著。
這裡已經下過了無數次的雪，我每次都要把自己包得緊緊的才能夠出門。
東京應該還沒降雪吧？
雖然已經搬到櫪木，習慣性還是會留意東京的天氣。』

應該就在不遠的以後，我們會有機會見面吧！
就算會有些膽怯，但是一定會相見的。
到時候，我要用什麼表情面對他呢？
他又會用怎樣的眼神望著我呢？
直到現在，畢業那天的記憶還十分鮮明。
他嚴肅的臉龐，還有我發抖的雙頰。
再那個感覺完全消失之前，我想我還需要一點時間。
雖然是那樣的想與他見面，但一下下就好，我的傷口就要愈合了。

現在只要能如此和貴樹通信……再次築起屬於我們的羈絆，我就能夠活下去。

冬天來了，然後，就在寒日接近尾聲的時候，我得知他即將搬去種子島的消息。

## 6

『得知貴樹即將轉學的訊息，我十分的震驚。』

信是這樣寫的，但我的心情絕對不是字面上看到的那樣平靜。

因為自己才經歷過一樣的事……

「因為父親工作的關係，我要搬家了。這次的目的地是鹿兒島縣的種子島。」

他是這樣說的，但我知道，他的心情也絕對不是字面上看到的那樣平靜。

種子島……

當然，我知道那裡是鐵炮最早傳入的地方，像這樣的常識還是有的，除此之外，我完全無法想像那裡會是怎樣的一個地方。

這也是第一次意識到原來種子島位於鹿兒島縣。

而鹿兒島又是在哪裡呢？

九州的最南端。

那不就是日本的盡頭嗎？

回過神來的同時，那距離遙遠得必須用比例尺概念去理解。

『雖然我們是那樣地熟悉於轉學，但這次是鹿兒島，真的是有點遠啊……已經不是那種，緊急情況下，坐電車就見得到面的距離。

想到這裡，心裡稍稍落寞了起來。

請你答應我，一定要好好保重身體。』

言不由衷地寫下這樣的話，焦慮從心底不斷湧出。

就像收不到訊號的電視，沙沙作響的白噪音在我體內環繞，還有那塊糾結在一起的東西。

我在極度不安定的情況下，提筆回信。

焦點時常從我眼前散去，看著信封的視野前後晃動著。

貴樹就要去鹿兒島了。

就是這樣。

嗯……

腦中一片混亂。

只剩下「貴樹要去鹿兒島了」這幾個大字在閃爍著，

我卻怎樣都無法理解這句話字面上的意思。

為什麼突然要去那麼遠的地方呢？

為什麼……

我們好不容易拉近的距離，就這樣忽然間被扯開了好遠好遠。

移動工具只有飛機能到達。

在不久之前，我竟然還希望我們可以一直保持像現在一樣的遠近。

怎麼會有這樣可笑的想法？

面對即將降臨在我們身上的殘酷現實，我才恍然大悟。

我在櫪木，他在東京。

明明是這麼近的啊！

為什麼我沒能把握能好好跟他相聚的機會呢？

我還不知道升上國中的貴樹現在是什麼樣貌啊！

就為了那樣無聊的恐懼感，斷送了可能擁有的美好。

但已經麻痺的身心，欠缺現實感的指尖，寫下的書信是那樣的抑鬱失落。

為什麼？

我不知道為什麼。

在那之後的幾個禮拜，渾渾噩噩地過去了。

那年的風暴相當強烈，已經過了二月中，櫪木依舊降著大雪。

每天早晨只要打開門，門外的積雪就會從腳邊垮下。

撥下信箱上面的雪，我朝著車站前進，通過月臺，搭上了電車。

椅子下方的暖爐，溫熱的阻斷了我的思緒，我總是失神地任由車廂擺盪。

我喜歡將頭倚靠在冰冷的窗戶上，因我的體溫而結霧的玻璃，使得外面的景色也模糊渙散。

意識結了一層霜，我就這樣屏著呼吸，上學，放學。回到家就打開信箱，確認裡面是空的以後，再關上它。

日子一天一天過去，老師講的課也聽不進去，周圍發出的聲音和我一點關係都沒有。

好像在倒數一樣。

只要願意伸出手就可觸碰到的貴樹，馬上就要去一個連想像都有距離的時空。

好幾次都想撥電話給他，但是伸出去拿話筒的手總是在中途就會縮了回來。

若是電話另一頭傳來的聲音，還是那樣冷淡的話……

我無法克服那個心理障礙，況且，只要撥了過去，跟他講上了話，埋藏在心中已久的話就會脫口而出，那些重要的話語。

現在的我是沒有辦法負荷那樣的情況，盡可能的，讓自己不去直視任何重要的事。

貴樹遲遲沒有回信給我。

大概過了兩個半月，才終於在信箱之中看到了那封信。

我在房間裡讀完信，然後將信鎖進了抽屜裡頭。

隔天，我在坐在月臺，一面等著電車進站，一面將信紙擺在腿上，寫起了信。

『前略，貴樹啟。

很期待三月四號的約定。我們有一年多沒見了吧？

想到就覺得很緊張。』

他回給我的信，內容大概是這樣寫的。

對我們來說，櫪木和種子島的距離實在太遠了。

搬家以後，幾年內，不，或許直到我們長大成人都不一定有機會能見到對方。因此，我決定在搬家前去櫪木找妳，面對面好好的說說話。

日期是在三月四日的放學後，應該會搭電車過來，這樣好嗎？

那天父母親剛好不在家，所以晚一點回家也沒關係。只要能在車站跟妳見一下面就好……

我一口氣看完這封信，然後深呼吸。

然後一如往常的，一遍一遍反覆閱讀。

啊啊……

那是我從心底發出的嘆息。

現在的心情完全不是期待兩字就可以表達的。

他總是能給我，我最需要的回應。

我是多麼深切地希望他能夠這樣對我說。

下意識的，就在等著他。

這樣瞭解我的人，竟然就要去那個追也追不到的遠方，對我來說是多麼不公平的事情啊！

不過，比起那些。

現在我一心只想著要和他見面。

想到那天就會忍不住顫抖，既緊張又害怕，我就要見到貴樹了。

我詳細地在信紙上註明了從新宿到岩舟的電車路線，還在旁邊畫上小小的圖示還有一些周邊的標的物。

例如從大宮到小山中間，我畫上長長的鐵軌，然後寫上「很遠喔！」的注釋。
對於還是國中生的我們來說，東京到櫪木的距離遠到令人想掉淚。
我願這遙遠的距離，一路上的舟車勞頓可以不要帶給他痛苦。

『我家附近有一株碩大的櫻花樹，春天的時候，樹上的花瓣大概也會以秒速五公分的速度向地面飄落吧。希望我和貴樹的春天也可以趕快來臨。』

我這樣寫著。
吐出的白霧隨風散去，坐在冷冰冰的長椅上，腦中浮現了幾個熟悉的畫面。
那個開學日已經變成遙遠的記憶。
那句「沒關係的！」
我們手牽手奔出教室的那天。
手中緊握著他手中的那份溫暖。
還有……
在紛飛的花瓣下，對他說出「秒速五公分」的那個瞬間。
我都還記得好清楚。
那句話對我來說有特別的意義。

第一次對男生的告白。
也是出生以來，第一次表達自己的愛意。
沒錯，從那之後的我——
無法自拔的期盼能聽到他的聲音，想和他牽手，想感受他的溫度，想直視他的眼眸……
就像是那天許下的願望，能夠如同花瓣落下般，緩慢而自然的和他結合在一起。
雖然現在的我們只能用這樣不自然的方式，突然的接近卻又無預警地分離。
「明年，我們也能像這樣一起看櫻花就好了！」
這句話或許永遠都不可能實現了，但是——
我最喜歡貴樹了。

『你願意到我所在的車站來找我，實在非常感謝。
距離十分遙遠，還請你務必注意安全。
我會在約定的七點，在車站的會客室等你。』

5

這一天終於到來。

等一下就可以看到貴樹了。

因為是平日，我還在學校上著課。

怎麼可能有辦法專心呢？懷著忐忑的心情，一面計畫著接下來的事情。

放學鐘聲響起，我就匆匆趕回家，直接進到廚房，打開了冰箱。

他一定會肚子餓的。

現在想起自己那時候的舉動，還會難為情的笑出來。

就像懷舊的連續劇一樣，多麼純情而可愛。

家裡只有女孩子用的，小巧而且都是花圖案的便當盒。

如果還有更大更紮實的那種就好了。

我在那個可愛的便當盒裡面，塞進了灑滿彩色飯鬆的飯糰、蛋捲，還有那些憑一己之力能夠做出來的配菜。

但是怎樣都擺得不夠漂亮，還反覆嘗試了好多次。

若是那時候能夠跟他上同一所國中，像這樣帶便當給他，不知道都有過幾次了。

用餐巾布仔細將便當包好，再小心翼翼地放入包包裡，深怕會因為沒放好而倒翻。光是這樣就費了我一番心思。

出門時，電視正在播報大風雪的警報，但我卻完全沒有注意到。

才六點左右，天色已經相當暗了。

細雪紛飛，我穿過庭院，朝車站走去。

四周的農田早已染上了一層皚皚的白雪，我走在田梗間的小道，迫不及待的我，腳步漸漸加快，到最後忍不住奔跑了起來。

馬上就要見到面了。

等下就可以見到他了。

看到用老舊木頭搭建的岩舟車站的時候突然有一種「該不會貴樹已經坐在裡面了？」的想法，還緊張地嚥了好幾口口水。

拉開鋁製的拉門，進入站內，金屬水盆在圓形的暖爐上加著熱，熱氣混著水蒸氣，溫暖了整個空間。我感受到凍僵的雙頰，漸漸退去冰霜，柔軟了起來。

會客室裡一個人也沒有。

我比約定的時間七點早到了許多。

輕輕靠在牆邊的長椅上，謹慎地將雙手擺在膝蓋上。

只要坐在這裡，馬上……
打開面向月臺的窗戶……
貴樹就要來了。
我要用怎樣的表情迎接他呢？
一年不見的貴樹會變得怎樣呢？
我想，見面的瞬間我的心臟一定會停止跳動吧！
長年使用的舊式暖爐發出咻咻的聲音，窗戶結滿了白白的霧氣。
彷彿跟外界隔絕一樣，我身在這個四方形的箱子裡。
沒有任何一個人，站務員也躲在遠方的站員室內。
我就快要被這裡的寂靜給吞噬了。
呼吸變得緩慢而小心。
但是等待這件事情絲毫沒有帶給我一絲痛苦。
想到他正坐在電車內，一點一點縮短著我們之間的距離，心裡的激昂抑止不住。
他一定坐在靠窗的位子吧！
透過玻璃眺望著東京少見的雪景，感受著列車行駛帶來的震動。
那震動同樣也傳到了我的身上。
車輪接觸鐵軌而發出的穩定節奏，身體記憶逐漸被喚起。

一瞬間甚至覺得，靜止不動的是他，而我才是正在移動的那一方。

越接近約定的時間，心中的鼓動就越趨激烈，焦急不安地視線不停在牆上的時鐘，還有票口間游移，交互注視著。

每十五秒就看一下時鐘，時間突然慢速播放著，身體也自然開始搖晃。

就這樣，時鐘地指針竟已指向了超過七點的地方。

卻不見有人從月臺旁通過——一個人影都沒有。

剛剛還讓令我竊喜的騷動，已經變成另一種的鼓譟。

透過起霧的玻璃窗，我眼巴巴地望著空無一人的月臺，這才發現，自從到了車站，還沒有任何一輛電車經過。

我馬上站了起來，走向票口。

身形消瘦而有點年紀的站務員，用著溫和的口氣跟我說。

「今天因為風雪太大，電車一時停止行駛了。」

「什麼……」

「為了電車行駛的安全，從先前開動的車輛開始，按照順序暫時停駛。若是前面的列車還沒開動，後面的車直接撞上就不好了。所以現在所有電車都屬於走走停停的狀態，一點一點往前移動。」

「請問，原定七點到站的電車回延遲多久呢？」

「沒有辦法預估確切的時間啊！這邊也尚未得知任何消息，真是不好意思了。」

我拖著無力的身體走回會客室，縮回原來的長椅上。

直盯著自己的膝蓋，發現指尖已深深掐進肉裡。

雖然已被告知電車延誤的訊息，但還無法停止在意著牆上的時鐘。

用力咬住自己的下唇，維持同樣的姿勢，我就這樣靜止不動。

時間一樣過得很慢。

我乾脆把時鐘給遺忘。不去看，不去在乎，這樣時間的流動反而快了些。

耳邊傳來暖爐持續發出的噪音，還有沸騰的水蒸氣飄浮在空氣中的感覺。

除此之外，什麼都沒有。

有時，木造的車站因風的吹拂發出聲響，或是票口附近有什麼動靜，我的耳膜還有脖子後方的神經就會一陣緊縮。發現只是虛驚一場後，我又會恢復原來的姿勢，盯著自己的鞋尖發愣。

慢速轉動的時間，在經過三個小時候，終於有一部列車到站了。

每當我聽到聲音，都會立刻回頭，朝著風雪中的那面漆黑望去。

玻璃窗門發出聲響，人們帶著倦容走過剪票口，穿過會客室，各自消失在回家的路上。

我只是抬起頭，目送這些人離開，即使在人潮散去後，還是不願低下頭，持續看著剪票口，殷切地希望下一個通過的就是貴樹。

要在完全確定不會再有人通過後，我才放棄地，僵住身體，縮得都快要從會客室中消失。

之後還有幾班列車停靠，卻始終不見貴樹從人群中出現。

我從沒想過，電車有可能會因為大雪而停駛。

搬來這裡一年多，也從未遇到這樣的事情。想必過去也曾發生吧！但我真的沒有親身經歷過。

所以，現在的我是受到驚嚇的。心境完全跟不上眼前狀況的改變。

因為下雪，列車因而停駛。

道理是能夠瞭解的，可是直到現在我還沒有意識到，這件事已經發生在自己身上。

突然降起的大雪，害到貴樹遲遲無法來到我的身邊。

而他正被困在停駛的車廂中。

那畫面，逐漸在心底降落，點起一圈一圈的漩渦。

雪花又是以怎樣的速率接近陸地的呢？

我怎樣都想不起來，腦中大部分的區域都已經崩潰了。

若是昨天的自己，應該立刻就可以回答出來吧！

天色是那樣的暗，四周是如此的白，玻璃因水滴變得混濁。

天花板上不堪使用的日光燈，光線使人暈眩。

坐在會客室內。

外界對我來說已是一片虛無。

真實的世界只有發生在這個正方形的箱子內。

然後，在那一片虛無之中，載著貴樹的長方形鐵箱浮在上頭。

從市中心坐電車過來，明明只需要三個小時的時間。

我甚至都還覺得這樣的距離是遙遠的。

他卻已經坐在車廂內六個小時了。

加倍的時間與空間，阻礙我們的相聚。

原來如此。

「所謂的遙遠原來是這麼一回事。」

我絕望地自言自語。

而且，如此的距離還不夠，他就要起身前去更遠的地方……

我不知道要如何用言語表達那種不安，那樣深切圍繞著我的不安。

只聽得到暖爐上的水盆吱吱作響，時間包覆著地面緩緩地流動。

貴樹還沒抵達。

他還沒有辦法來到我的身邊。

我一個人在這裡。

然後他就要到很遠很遠的地方去了。

深處的一股黑潮突然湧現，我握緊拳頭，發不出一點聲音。

它在我胸口翻攪，喉頭下的異物感，不斷攻擊著我，就要吐了。

此時——

我像是被閃電擊中般，突然間明瞭了。

這不就是他當時的心情嗎？

在得知我就要搬去櫪木的瞬間，電話那頭的貴樹一定也是這樣想的啊……

沒錯，就是這樣。

難以接受，混亂。

焦躁不安侵蝕著自己。

即將一個人被丟下的孤獨。

我終於瞭解了。

難過、寂寞、不安，同樣向他襲擊。

這麼理所當然的事情，我怎麼到現在才發現呢？

貴樹是那樣溫柔而可靠的一個人。

從不輕易被影響的，如此令人安心的個性。

那句「夠了……」，完全透露出他的動搖與不知所措啊！

極度的懊悔。

最後的那年，還有那通電話之後。

我為什麼沒能親口對他說出自己的感覺呢？

不願與他分開，沒有一天不想跟他在一起的心情，若是讓他知道了，至少不會讓他陷入如此驚慌又不安的深淵啊！

在畢業那天，我竟然對同樣無助的他，說出那樣殘酷無情的話。

「那麼，從今以後我們就要說再見了！」

分明是那樣珍惜兩人之間的秒速五公分，一起度過的那些幸福悠閒的時光。我怎麼沒能為他多想一下呢……

那通電話，我還自顧自地期待他說些什麼，還等待著他對我說出那句魔法咒語——

我真的是一個自私又任性的大笨蛋。

風聲的對岸，似乎有列車進站了。

我抬起頭，直視著剪票口。

腳步聲接近，人影出現，拉開了玻璃門，人群經過。

不認識的情侶挽著手，相偎相依地通過票口。

而在這站下車的，就只有他們。

我又羞又急地趕緊低下頭。

那對情侶從我的身旁走過，消失在黑暗深處。

灌進來的寒風再次被截斷，我小小的嘆了口氣，不祥的預感再度浮現腦海，我敲了敲剪票口的窗戶。

站員說：

「一旦發了車，就絕對會靠站的。不過都過了這麼久的時間，也是有可能在中途的某個車站被迫下車……」

一邊說著，一邊拿起電話幫我打到總站去詢問。

不太知道確切的情況是怎麼樣，但貴樹搭乘的列車，好像在剛出小山站的時候，就在半路停下來了。

那臺電車應該在兩毛線上的某處，什麼沒有的地方，閃著停止運行的燈號吧！

真的是這樣嗎？

我不知道。

說不定貴樹為了通知我列車延誤的消息，用公共電話撥電話到我家。

一瞬間燃起了回家確認的念頭。

但是我馬上就放棄了。

不要。

我不要有別人介入我們之間。

不想聽到任何多餘的雜音，或是無聊的話語。

我就在這裡等著。

不論貴樹到不到的了，我都會在這裡等著。

## 4

等待的時間就像是靜止了。

疲憊使我的頭變得好重好重。

等待著不一定抵達的列車，對時間的流動已感到麻痺。

思緒陷入恰如其分的麻痺中，心智不知道飛到了哪裡。

延遲的電車。

停駛的電車。

有一部分的自己因此感到放心。

列車的終點站是我們的分離。

貴樹也是為了道別才來到我身邊。

只要列車進站，就象徵著這一切的結束。

如果是這樣，我情願電車永遠不要來到。

拜託……讓時間在此刻停住。

花瓣墜落地面之後，又會去哪裡呢？

完全的消逝殆盡，又飄去哪兒了吧！

我從包包中取出信紙。

把包包放在膝蓋上墊著，將信紙攤開，開始寫起了信。

給貴樹的一封信。

意識停止運作的我，在這樣的情況下，應該就可以寫出，完全沒有修飾的，最真實的心意。

不去考慮任何文章的形式，不假思索直接動筆寫下。

人來了，我就要轉交給他。

即使在不能確定貴樹行蹤的情況下，我還是以他的到來做為前提，寫下這封信。

我和貴樹的相聚代表著分離。

而且，以後也很難再見到他了。

所以，我努力的寫下所有想要跟他說的話。

我最喜歡貴樹了。

現在我可以像這樣寫出來讓他知道。

這句話完全不足以表達我此刻的心意。

文字真是惱人，若是能直接把我的心拿出來給他看就好了。
我對你的感情可是有這麼多喔！
但是，我的喜歡對他來說又有什麼價值呢？
就連我自己都看不出來，自我的價值……
越縮越小的自我蜷曲著，持續寫著要給貴樹的信，手腕的肌肉不知道是在害怕什麼似地顫抖。
我就像是樹葉下的昆蟲一樣，毫無價值。
不只是自己，周圍也是這樣看我的吧……至少我是這樣感受著。
這樣的我脫口而出的喜歡，只會令人覺得可笑。
不過……
我喜歡他。
我還是好喜歡他。
仰賴著不可靠的詞彙。
想像著在大風雪中，被關在電車內的貴樹。
沉甸甸地白雪在胸口堆積著。
為何在我們之間飄散的，是冰冷的雪片。
卻不是紛飛的櫻花花瓣呢？

地球是圓的，南北半球的季節相反。
到今天以前，我是喜歡這個意象的。
但是現在，一想到那邊的人們能夠沐浴在櫻花雨之中，就止不住心中的怨氣，甚至覺得他們十分可恨。
憤怒的反面又是懊惱，自己曾經輕率地說出那樣不負責任的話——
明年也能一起看櫻花就好了……
這句話已經成為無法實現的詛咒。
貴樹為了見我，正受困於雪的牢籠。
這都是我害的。
不管任何時候，陷他於不幸的都是我。
原來我就是納尼亞國度的白女巫。
原來，一直都是我在傷害他……

## 3

睡魔在疲累和暖爐的掩護下襲來。

我斷斷續續地看見夢的碎片，也分不清自己的眼睛是睜開還是閉上。

似乎感覺到了什麼，如夢似幻，模糊的視線下看到的是軍藍色的帷幕。

我抬起了頭。

雙排扣大衣的上方，是貴樹的臉龐。

露出驚訝的表情，不知所措地發愣著。

他好像比記憶中的消瘦，臉也變得細長。

混沌的思緒，一時無法判別眼前的情況，但情緒卻直接的傳遞進心裡。

就這樣，我們相對，久久不能自己。

他站在我的眼前，我看著他的臉，揪起他大衣的下襬。

這一切是真實的。

為了與能更靠近我，他往前走了半步。

貴樹的大衣的觸感……

指尖瞬間麻痺，臉熱熱脹脹的，沿著雙頰內緣滑落的水滴，那從眼睛流出的淚水，浸溼了整張臉。

我緊抓著衣襬，低下頭，看著自己的淚珠，啪嗒啪嗒地落下。

喉嚨因哽咽而感到痛苦。

明明沒有打算要哭的啊！

但身體不由自主的痙攣，從眼眶溢出水來。

藉著衣襬，我們融為一體，我不停哭著，忽然感受到不屬於自己的眼淚，才驚覺……他臉上也早已滿是淚水。

我真的嚇了一跳。

看到他美麗的淚滴，瞬間，我的淚像潰堤般傾洩，哭得更凶了。

從來不知道，眼淚還可以像這樣，急速增加湧出。

而且，在我的體內好像有另一個心臟的存在，它負責製造強烈的情感，然後傳送至全身。

感動的、悲傷的、心痛的情緒交會，竄流翻攪，最後凝結出的液體，就叫做眼淚。

試圖想讓心情平復，我重新揪起他的大衣，吞吞口水再吸了一下鼻子，整理好呼吸。

衣襬的觸感還是在那裡。

確實冷靜下來後……真實感才湧現……他真的就站在我面前。
貴樹來到我身邊了。
就為了見我一個人，他千里迢迢來到這裡。

## 2

好久沒有像這樣並排坐在椅子上，感覺有些彆扭。
我倒出保溫瓶內的熱茶，遞給了他。
他用雙手接過杯子，一面暖著手一面將茶水喝下。
「真好喝。」他這樣對我說。依然平穩的語氣，讓我覺得好踏實。
「是嗎？只是普通的烘培茶。」
「烘培茶？我還是第一次喝到。」
「才不會呢！你以前一定喝過的！」
「是嗎……」
「一定是的。」
這樣的對話好像回到從前一樣，令人開心。
雖說是從前，也不過是一年前的事而已。
好像有些不同，卻又不可思議地吻合。
我們一直以來都像這樣，談論著一些不重要的小事。

「都是我自己做的，所以不敢保證味道如何……不嫌棄的話……請用吧。」

「……謝謝。」

貴樹看起來很感動。

「我肚子正餓著呢，非常餓。」

他拿了一個我做的飯團。

這也難怪，都已經過十一點了。

這七個小時，他都一直在電車裡頭。

「……味道還可以嗎？」我問他。

「這是我所吃過的食物之中最好吃的。」

他低著頭，用認真的語氣對我說。

「太誇張了吧。」我一面說著一面搖著膝蓋。

「真的。」

「一定是因為肚子餓了。」

「也許是吧……」

「一定是的。」

像這樣若無其事地說著「是這樣嗎？」「是啊！」，突然感到一絲難為情，又忍不住喜悅。看似平淡卻令我眩然欲泣。

我也一起吃了一個飯糰。

我們好像在野餐一樣，看著他和我吃著同樣的東西，不好意思的笑了出來。

笑聲背後藏著哀傷的心情。

「馬上就要搬家了吧！」我輕輕地說。

「嗯，下禮拜。」

「鹿兒島……」

「那麼遠的地方啊。」

「嗯……」

對於鹿兒島的距離，我還沒有正確的認知。

但對於「遙遠」的定義，我是清楚知道的。

「櫪木也很遠啊！」他說。

他一定跟我在想同樣的事情。

「今天回不去了耶。」

聽到我這樣說，貴樹雖然無奈地嘆了一口氣，但我卻愉快地笑著，心裡想的是，明天以前他都可以不用回去，這也代表著我可以一個人完全占有他。

站務員從票口輕輕敲了玻璃窗。

「車站馬上就要關門了，已經沒有電車了。」

「好的。」貴樹回答。

不知道那位站員是怎樣看待我們的，但他聲音是溫和而帶有善意。

那份溫暖的心意，使我的意志更加堅定。

「外面下這麼大的雪，回去的時候請注意安全。」站員在最後說道。

「我們走吧！」用著像是在說悄悄話一樣小的音量，我對貴樹說。

# 1

風停了，只剩下紛飛的白雪，從天空飄落。

氣溫寒冷但不至於凍僵。

停車場裡的腳踏車，手把還有坐墊上都堆了一層厚厚的雪。

我和貴樹並肩走出木造的舊車站。

黑夜中，從天而降的細雪，在街燈到得了的地方，閃耀著。

踩在新鋪的雪上，乾燥的摩擦聲聽起來很舒服。

在車站中等待的那幾個小時間，降下相當的雪量，電車也因此停駛了吧。

雪積得非常深，道路都變得雪白。

車道跟步道之間的界線，也被雪掩埋，使得道路比平常看起來得還要寬闊，車站前的T字路口儼然變成了一片白茫茫的廣場。

雖然已經是半夜了，卻一點也不覺得暗，固定間隔的街燈，光線照在雪地上。由於光線反射的緣故，黑暗中看來，地面就像在微微發著亮光。

這是我第一次在這樣的深夜，這樣的大雪中漫步。

特別的風景。

我不由自主地奔跑了起來。

水田間的小道，也因為積雪而看不到了。

沒有路燈的田埂，純白色的農田和小路連成一線。

遠處漆黑的地方，高壓電塔整齊地排列著，線條浮在白色的雲空上。

大雪中，我和貴樹走在一起，在昏暗的雪地上留下了並排的足跡。

「看得到那棵樹嗎？」我邊走邊說。

「是信上說的？」

「對，櫻花樹。」

我們並肩走到了那棵樹下，彎曲的枝幹向四面八方生長，從側面看是很有分量的大樹。貴樹伸手想環抱住那粗壯的樹幹，但兩隻手完全無法碰在一起，我們站著，仰望著展入天空的樹枝。

突然好感慨，一直都想要這樣，跟他一起站在這裡。

當然，不要說是花瓣了，連片葉子都沒有，現在就只剩下枝幹。

靠在樹上，緊緊抱著他寄來的信，都好像可以聽見他的聲音……

沒錯，貴樹對我來說，是櫻花一般的存在。
可能是遠處的燈火吧，為天空中的雲層所反射，那些微的光線落在雪花上，替我們帶來了冰涼的光線。
櫻花樹，現在正被白雪所覆蓋，粉雪飛舞著。
「你看……」我回過頭去。
「好像……」用手掌接住落下的雪花。
「下雪一樣呢！」
我把翩翩起舞的雪，當做那時的櫻花雨。
是幻覺嗎？
我彷彿感覺到四周圍繞著春天的光暈，細長的樹枝上開滿了粉紅色的櫻花。
這就是花瓣。
若是世界的另一頭，花辦正在掉落，那雪就是這一側所降下，花的幻影。
冷風硬生生吹散了我極力捕捉的幻影，意識又回到了漆黑的雪夜。
但我的微笑被留了下來。
「是啊。」
貴樹用溫柔的神情，輕輕地對我說。
那個答案令我有些意外。

照理來說，他會用疑問句回答我的。
如此直接的答覆，我卻怦然心動不已。
急促的心跳，使我一口氣靠向了他的身邊。
我直視著他的瞳孔，他注視著我的雙眸。
已經無法區別是誰先靠近的。
那樣自然的，我想應該是比秒速五公分快一點點的速率，接近。
途中，我閉上了雙眼。
然後，我……

0

用自己的雙唇，感受到了他的體溫——

那瞬間，我的思緒真空。

意識完全找不到落點，失去自主的意識，正灼燒得空白。雷電疾走，閃光烙下了幾個畫面，卻又倏忽即逝。

有支銳利的箭刺穿我心中，悄然消滅了那汙黑混濁的部分。

縈繞在身旁的多餘，也一併被抽走，整個世界不再只留下我。

記憶的碎片氾濫，分辨不出自我，跳下一個瞬間，我變成了遠野貴樹。靈魂帶著我攀升，再攀升，然後墜落，反覆之間我已失去了方向。

我既是其中的一片唇，又是另一片，找不到任何區別。

什麼永遠、真心啊、靈魂啊，我好像都知道它們屬於何方。

所以，我們合而為一，卻又是獨立的個體，能夠各自將彼此的不同收在心底。

我所感受到的色彩、熱能、觸感、暗闇，無以名狀。

共享，讀取出來這十三年間所有關於對方的記錄。
我也知道，我們都在想著一樣的事情。
我和他，無懈可擊的存在與同一個位置，在那瞬間，完美的融合。
是真正能夠消滅自己，成就全能的存在，
並且百分之一百的填滿對方。
接近永恆的延伸，我被捲入那個扭曲的時空。
這是一個奇蹟。
是所有時機沒有缺陷的配合，孕育出的奇蹟。
有所頓悟的同時，我回到了我自己。
回歸到脣與脣的相疊，感受著他嘴脣的觸感。
然後，襲擊而來的，是無止盡的悲傷。
他的體溫，該如何保存，又能怎樣帶走，讓它成為我身體的一部分呢？
而我留下的，卻是後知後覺造成的一種接近後悔的感覺。
再也不可能知道更多了吧？
這樣的信念，從指尖開始蔓延，使我的雙手失去力氣。
我們之間，橫著過於巨大而難以負荷的人生，在漠然的時間中，清楚地能夠理解
那完美的瞬間不可能再重來。

沒有未來。

但已經近乎於完全姿態的我們，至少意念，是不會再移動了。

為什麼，如此的突然？我想著。

我明明追求著更自然而緩慢的形式，就像櫻花落下的速度。

我們卻總是處於這樣，心酸又悲痛的狀態。

這樣沒有奇蹟的前景，絕對不是我想要的。

怎麼辦……我該怎麼辦？

這些話在腦中轉來轉去。

懷抱著這樣的混亂，在漸漸消逝的餘韻的驅使下，我抱緊他的脖子，將臉頰靠在他的肩上。

我用全身的力量去感覺，在他厚重冬衣下的，最真實的美好。

緊緊相擁，希望能夠一直這樣擁有著對方。

混亂與不安都融化在他溫熱的胸膛，能夠淬留下的，是純粹和歡愉。

雪從樹枝上掉落。

從茂密遮天的樹枝隙縫中，雪還是不停降下。

我陶醉於他強而有力的手腕緊緊環抱之下，那種被占有的感覺。

# 1

那一夜，我們在農地收藏工具的倉庫中迎接早晨。

脫下外套，牽起手，蓋著放在木架上的舊毛毯，我們躺在彼此懷裡。

他的溫度不斷流入我的身體。

我們說了好多的話。

漫漫長夜之中，有幾次，我都希望時間就這樣停下來，然後……

他可以像那天一樣，帶著我一起離開。

不過，我知道那是不可能的事。

就因為我們還是小孩……唔，好像也不完全是了。

在交換雙唇的時候，我們所感受的東西都是一樣的。

那不單只是相信而已，全是我親眼所見。

我們絕口不提剛剛發生的體驗。

完美的瞬間。

不會再度到來的奇蹟。

無以名狀的感受。
完全不需要用言語再去確認的。
我們不能再像這樣在一起了。
就算我沒有轉學，他沒有搬家，我們相親相愛地在同一個國中唸書，也不會像現在這樣在一起吧！
其實，這樣說只是希望可以減輕我們因失去所帶來的苦痛而已。
預感也只是預感……但我還是希望時間可以就此停住。
光是他特地來看我這件事，就能讓我覺得如此溫暖。
只是來看我，就為了我，然後，他來到這裡。
他在這裡。
將自己的臉頰埋入他骨感的肩膀，怎麼會這麼舒適。
我們就這樣墜入黑暗，安穩無夢的睡到早上。

## 2

隔天清晨，貴樹要搭最早的一班列車回東京去，我到車站去送他。

尚未除雪的月臺，我們一起踩下最初的腳印。

在列車進站前我們都一直牽著手。

雖然看不見任何人影，我和他還是選擇遠離車站，站在月臺的最前端。

電車馬上就來了。

發出巨大生硬的噪音，緩緩滑進車站內。

再過不到十幾秒的時間，列車就要離站了。

貴樹上車後，馬上轉過身來正對著我。

在電車的入口處，隔著月臺間隙縫，我們凝視著對方。

「那個……貴樹……」

環抱在胸前的手，在包包上來回游移。

心裡想著的，是昨天寫好的那封信。

就為了能夠交給他，而寫下我滿滿心意的那封信。

自己的手卻躊躇著，是否真的要把信給拿出來。
那個吻——
在體悟到那個瞬間的感受以後，更是覺得這封信所寫的內容，實在太過空洞，完全沒有一點意義，甚至是對於那個奇蹟的詆毀。
文字和真實的體驗相比，根本就是噪音。
信中表示的心意，根本不及那時感受到的強烈情緒。
我不想在貴樹的心中留下那樣劣質的紀錄。
況且，那個瞬間絕對不是用言語能夠表達的。
「最喜歡你了！」
這樣的話，空泛無比，想他的時候，錐心刺骨的痛，還有死都想要和他在一起的心意，豈是簡單地用「喜歡」就可以輕易搪塞的，根本一點都不真實。
但有一句話，我是一定要親口對他說的。
說出口的瞬間，心就像是被撕裂般，差點哭了出來。
「貴樹，今後一定也沒有問題的，一定！」
所有情緒滿溢而出，趁著這股氣勢，我抬起頭對他說。
說什麼都想讓他知道。
那是我自己最需要的一句話。

我要將那句話，對我眼前的那個人，還有自己說。

因為他冒著大雪趕來見我這件事，我似乎有了一些改變。

那是個確實的變化。

抬頭看到貴樹的瞬間，我發現出生以來所感到的自卑跟膽怯也同時隨著煙霧散去。

已經成為大人的我來看——那是一種祝福。

貴樹是為了祝福我才來到這裡見我的。

所以，我也要同樣將我的祝福送給他。

能夠擁有，讓別人安心的力量，是多麼重要的事情。

直到最近，我才能深深地體會。

遠方的哨聲響起，關閉車門的門栓響起了空氣的聲音。

「謝謝……」在他說出這句話的同時，車門關上了。

他靠在車門上的臉隨著列車移動。

「明里也要保重！」他大聲喊著。

將手放在玻璃上，他清楚地說道：

「我會給妳寫信的！也會打電話！」

我們倆的位置開始交錯。

電車上的他確實加速著，然後遠離。

哨音再度響起，還有某處樹枝上的小鳥奮力揮舞著翅膀的聲音。
列車全速前進，不一會兒就完全消失在盡頭。
我朝著列車離去的方向，茫然地直視著。
紅色的信號燈閃爍。
我仰望天空，雲淺淺漂浮，早晨的青空遼闊。
月臺的另一端依然留有尚未被踐踏的雪。
所有的一切都描繪著「他已經不在了」這個事實。
但是，我卻有了「從此都可以堅強地活著」如此深刻的念頭。
有他在。
就算是在遙遠的彼方。
只有他能夠完全瞭解我，同樣的，我也在他身旁。
有了這樣的想法，就算在獨自一人的場所，也不會孤單。
啊啊，我真的——
悵然若失的心情，不可置信的湧出。
就算這一切，都將成為遙遠的記憶，在下次見到他之前，我一定要變得更堅強，一個更好的自己。
我是這樣期許著。

不過，這就是我們最後一次見面。

# 第二話　太空人

# 15

與明里的通信，已經中斷了好多年。

## 14

國一第三學期進入尾聲，結業式隔天，我搭乘飛機從羽田機場前往鹿兒島。

這雖然是我第一次的單獨飛行，不過登機手續還有過程都進行得比想像中順利。因為搬家日程的緣故，父母已先行抵達鹿兒島。

而我覺得自己至少要出席東京最後的結業式，所以選擇晚幾天離開。

靜靜地坐在經濟艙的座椅上一個小時又五十分鐘，我沒有一絲不安，也沒有任何情緒波動，就這樣抵達了鹿兒島。中途不容許停滯的飛行，反而使我相當平靜。

在機場找到開往市區的區間車，我坐了上去。

一直有些昏昏沉沉地，回過神後已然到達了鹿兒島市中心。

從窗戶向外看，寬廣的道路中央架設著電線軌道，市區電車就在上頭行駛。市公所前下了車，仰賴著影印下來的地圖，走到了港口。

寬闊的路幅，加上普遍不高的建築，這裡的天空顯得遼闊。

而路旁整排的椰子樹，更使我確信自己正身在南國之中。

從港口轉搭前往種子島的高速船時，我看到在廣大海灣的另一側，海面上伏臥著帶有茶色肌理的一座山，壯麗而挺拔，幾乎阻斷了出海口。後來查了資料，才發現那就是鼎鼎大名的櫻島。

整段路程，我靜默地移動。

父親在種子島的西之表港口迎接我，之後開了一個多小時的車，抵達南種子町。開往南種子町的公路沿著海岸線鋪設，一打開窗戶，海的氣息便隨風飄來。令人微醺，夾雜著鹽味的海風，直至今日我都還清楚記得那樣的味道。

走出第一個聚落，在下一個小鎮之間，隔著整片綠油油的田野。離田原更遠的那一頭，是呈現深濃綠色的荒涼山地。但過了這個山頭，閃閃發亮的海面便又再度出現。

真的是緯度的不同嗎？

對小時候住在長野山區的我來說，這裡跟自己印象中的山野有著截然不同之處。沒錯，該怎麼說呢……

原來日本還有這樣美麗的地方——

一股純樸的感動湧出。

我的新家是獨棟的木造平房，已經好久沒有住在這樣的地方了。

看得出屋齡較久，不過內裝還算乾淨，清潔公司也確實地進入動工。

枯茶色粗大的樑柱貫穿屋脊，不僅展現高貴氣派的風範，更顯得空間遼闊。

一直住在公寓裡，這樣的房子很新鮮吧！父親這樣對我說。

確實如此。

這裡很好。

走到前院，群青色的天空延綿不絕地展開，我更是看得入神。

雖說整個鹿兒島市都給我寬廣的印象，但庭院的青空卻格外地震撼我心。

但眼前的這一切，我似乎還無法完全解讀。

那場雪和電車的感觸依舊存留在我的體內。

敲打著車窗的雪塊，太過溫暖的車廂，焦慮……

那些東西，依舊。

現實的差距令我暈眩。我試圖回想車上所看到的島景。

在社會課教科書裡出現的防風林，還有甘蔗田，那些我第一次看到的風景。

沖淡這一切吧……

我已來到這個地方。

以一個暫存點來說是足夠的，反正，最後一定還是會離去。

# 13

進入了四月，我轉至南種子中學就讀。

這裡的制服和前一個學校一樣，黑色的學生服使我安心不少。

經過多次的轉學，我已經像是個老手般，可以完美地掌握好一個轉學生該有的態度跟存在定位。

或許是拜明里所賜。因為我是那樣注視著她。

和剛轉學過來的她進行近距離接觸，使我發現自己其實早已將轉學經驗轉化為消極態度。

我認為這是所有人都擁有的認知，藉由求學或是工作的體驗而得到。然而在十四歲就建立起這樣的意識，應是十分有利的，甚至可以做為武器。

不要害怕受到注視。

不能因矚目而沉醉。

雖不是要與眾不同，但也不能太過沉潛渺小。

最重要的是不要與人為敵，盡可能的釋放出善意。

對方，其實是與你感到同等分量的畏懼，這點一定要有深切的理解。
轉學生在最初的一段時間內……大約是一個禮拜或是一個半月間，容易被明星化。
那時期就是關鍵。
所以，必須要先記起班上所有同學的名字。
被明星記住了名字，無疑地是一件愉快的事。
只要他們感受到如此的好感，就會把你當作自己人。
絕對不能有任何無法融入的行為和舉動，小孩子是極為敏感而容易產生反感的。
十四歲這樣的年齡，心境上是渴望被當做大人看待的，但事實上卻始終是個小孩。對於外界的處理也只能做到這一步。
這點令我厭惡。
以我的原則處事，轉學當日的評價雖不算太好，但也不至於太壞。
「由於父母工作的關係我習慣轉學，但對於這個島嶼還很陌生，煩請大家多多指教。」
這句話應該是對於，不得不待在這裡的自己，無意間透露出的反感吧。
班上雖然有她在，那個叫做澄田花苗的女孩。但在最初的時候，我並沒有以獨立的個體意識到她的存在，那都是之後的事情了，好一段時間之後。

我寫下這些文字時，早已國中畢業，也結束了高中學業。目的是讓自己不要忘記。

當時我所發生的事情，還有應該不會再見面的澄田花苗。

回想起第一次和她說話的時間，大約是在轉學後一個星期左右。

我已經初步掌握好班上同學人際關係的取向，也知道誰是中心人物或是最有影響力的發言者。

某程度上來說，她是沒有被作上記號的女孩。

無法清楚記得我們說了什麼，內容一定也沒什麼特別的。

我想應該就是親切地介紹教室位置這類的事吧！

沒錯，她特地走到書桌前跟我說的。

下一堂要去理科教室喔！像這樣。

在那之前我們沒有任何的交集，對於她突如其來的舉動，我感到有些意外，卻也不覺得有什麼意外。

她就是個熱情的孩子。

擺滿黑色實驗臺的理科教室在校舍二樓的盡頭，充足的日晒溫暖而令人昏昏欲睡。

那天應該就是她陪我走過長長的走廊。

風勢強勁的島嶼，從操場捲起的風沙輕易地就被帶進屋內，怎樣打掃都清理不完。

學生數量如預期的少，走在布滿沙塵的長廊，途中經過了好幾間空教室。這些在東京學校所沒有的細節，在在使我覺得，自己已經來到了一個全新的地方，正身處異地。

沒有人，也沒有窗帘，教室空蕩蕩的。從南邊照射進來的陽光，紛亂地在白色地板及天花板間反射，光線穿入走廊。

強烈的光線，那光景象徵著我在種子島的學校生活，至今仍然深深烙印於腦海中。

她就是從那個時候開始注視著我吧。

遠目眺望那光景的我。

我絲毫沒有察覺，在那個當下，一點也沒有。

洞察力都發揮在別的地方，新環境的新鮮感，為了趕緊融入班級的焦慮，況且……明里在心中占據了絕大多數的空間，我自顧不暇。

沒有目的地，我穿過教室往操場看去。用油漆新刷上的球門線就靜靜地躺在那裡。

我並沒有像在上個學校那樣，加入足球隊。

曾幾何時，自己不再對那種運動感到興趣，在此同時也察覺到了自己的改變。

## 12

放假的日子我總是騎著腳踏車，環繞著島的四周。

剛轉來的第一個星期日，我直奔南種子町唯一的一間書店，購買了種子島的觀光指南。書上包含全島地圖，還有用專欄式條列的觀光景點。

在浮躁心境的驅使下，我決定就靠它，走遍島上所有的風景名勝。

升上了中學，長野的嬸嬸買給我的越野腳踏車終於派上用場。

雖不算專業等級，在大賣場購得時，使用說明也寫著請勿直接在泥濘的路面行駛，但換上了滑胎，以及憑著騎士本身的體力，這就很足夠了。

再怎麼說種子島也是日本第五大的住人離島，想要看盡所有的風景，需經過一番工夫。

形狀細長的島嶼，最長的兩端相距有六十公里。

像騎車到種子島北邊的西之表市就是相當辛苦的行程。到是到得了，但只要推算回程的時間，剛抵達就必須馬上折返了。

即使如此我還是利用在北端浦田海水浴場的露營區，花了整個週末假期環島了好幾次。
種子島的太空中心，是我第一個前往的地方。
沿著河川走數公里，騎在單行道攀登上丘陵後，那裡就已經算是太空開發事業集團NASDA的所有地了（當時尚未更名為JAXA）。
鍊條因爬坡而喀喀作響，我的視野也急速隨之展開。
不知道是放牧區還是高爾夫球場，等著我的，是一望無際的草原。
筆直的柏油路從中貫穿，盡頭就是大海。
種子島的海邊不管哪裡都有粗糙的岩塊。
如火星表面一般，被稱作莖永層的赤茶色巨大砂岩，剝開層層堆疊的地層，刺穿出海面。
浪濤經年累月地拍打下，逐漸遭到侵蝕的大地，暴露出為綠色植被所覆蓋的真實面貌——赤條條的紅岩。
紅色巨岩盤踞的海邊，另一頭是峽灣。
峽灣前端立著像角一樣突出的兩座鐵塔，還有四方形的白色建築物。
那裡就是火箭發射地。
我將腳踏車擺在一旁，站在道路的最中間，仰頭開始幻想，升空的火箭正劃過灰濛濛的天空。

不過，它究竟是面向哪裡又朝著什麼方向飛去呢？想像出現雜訊。

明明在電視上看過無數次火箭發射的畫面，現在卻無法跟這裡的景色連結。

一定是因為這片太過遼闊的天空。

只要凝視著水平線，就能感覺出地球的弧度。

這裡看到的海，是如此寬廣。

與狹小具指向性的東京天空相比，完全不同。

中學這兩年，眺望海面成了我最大的嗜好。

一有時間，我就會向太空中心報到，登上旁邊的ＫＡＭＯＲＩ之峰瞭望臺，凝視遠方霞霧中的屋久島。

若是看膩了，就到門倉峽公園浸淫在海潮的香氣中。從前的時候，乘著鐵炮船的葡萄牙人就是在此登陸。

直至那覆蓋於青空之上的高積雲，深淺不一地被染成紅色後，我還是站在那裡望著。

還有島間港，那裡最適合觀賞落日，更可以垂釣。

看著進港的船隻卸下商貨，很快地就黃昏了。

而沉入海中的太陽，如同燒紅的炭火被浸熄，我彷彿看到了世界的盡頭，久久不能自己。

如此這般，我將很多地方占為己有。

早一點出門的話，就能夠親近朝露的清香，南國的太陽露臉後，汽化的水滴更帶出草和葉的芬芳。

騎車在海岸邊的國道上疾行，迎面而來的又是海的氣息。只要嗅到雨的味道，便代表即將接近午刻時分。

車輪和柏油路的摩擦，還有一路上的氣味感受，所有轉變讓我真切地體認到自己的移動。

停滯使我焦慮。

如果不這樣做，一定撐不下去……

存在位置的流動撫慰了我心境上的不安。

一個被味覺所填滿的島嶼。

所有的色彩，還有過於濃厚的大氣層，令我暈眩。

我把新起點所開始的新生活，全寫在給明里的信上。

學校的同學比起東京要少的多，一年級只有兩個班級，但也因此鬆了口氣。

出乎意料，種子島美得令人驚嘆。
我不停寫下這樣的內容。
關於紅色的土壤，墨綠色的山采，淡奶油色田野所帶來的反差。
還有夜晚從家中偷跑出來，在星原海岸看到的那片星空。
我想以前的人也是像這樣仰望夜空中的星星，為此地方命名的吧！
站在這裡能夠毫無遮蔽地一百八十度擁有廣闊的天空和海。在無風無浪的時候，甚至會覺得海面映照了整片的星空。
在那下雪日之後，明里的文脈稍稍改變了。
以前的文章，表面上硬撐起的開朗其實藏著相反而私密的信息。
如今褪去了那層深刻。
她的生活似乎過得很好。

持續了兩年像這樣平靜又充實的日子，我從中學畢業，之後於相距十五公里遠的中種子町的高中就讀。

自己也知道，想要永遠地持續和明里通信是不可能的吧……

## 11

我總是將信的內容寫得很長很長，而明里也是一樣。

身邊發生的事情要寫上去，完全不值得一提的小事也要寫上去。

像是在比賽一般，在緊張的意識壓迫下，我只是不停地把很多的句子串連在一起。

我們拚了命的想要保持聯繫。

為了證明，我們之間還存在著特殊的羈絆——彼此都花了過多的心力在信紙上。

但那份努力逐漸超出負荷。

好幾次，我設法將空白的信紙填滿，莫名的焦慮竟燃起一股想要抓爛書桌的衝動，這感覺就好比突然忘記要如何打開鎖著心愛寶物的金庫般，令人慌亂無助。

在那個下雪的夜晚，我和她之間發生的事情。

明里從來沒有在信中提到，一切就像從未發生過。

我完全能夠瞭解她為何這樣做，因為自己也是一樣，絕口不提。

這並不是什麼造化弄人的結果，我們只是沒有別的選擇。

在那瞬間……

櫻花樹下所發生的一切太過完美，我無法再用任何的言語敘述。

我們已經在那天的那個地方，達到了無懈可擊的境界。

純粹的完成形態，進而擁有了全部。

完美即表示，不能再孕育更多，而且全部就在那個瞬間凝固靜止。

那種無以名狀的體驗，是不容許我們帶走的。

若是輕易地以言語表達，就免不了選取、切斷和保存……

這和製作標本有什麼不同呢？

那樣的體驗，對我們內心產生的變化如此巨大，它絕對不可以是標本。

無法言喻的東西，強加修飾的結果，只會使其失去光彩，甚至是一種褻瀆。

沒錯！所以……

我沒有將那封信的故事告訴明里。

在月臺上被強風捲走的信。

就要再度與她遠離。

我在最後一次見面的那天，為明里寫了信，上頭塞滿了自己的心意。

說不出口的，化為文字寫在信上，應該就能夠被傳遞出去吧！

無奈，那封信竟在等候電車的時候，被月臺刮起的強風給帶走，不知飄向了何方。

這或許是件好事，言語能表現的東西是那樣的粗糙而雜亂，留不下任何美好。

而我看到宇宙了啊。

在那體驗之前所寫下的內容，根本是原始人一般的思考。

認知的世界只有用土器和象形文字所構成。

怎麼可能交給她呢？那樣的東西如何能表達我的心意？

說真的，我為文字的無力感到十分震驚，一點都不精確。

但是，就算在瞭解了這些以後，用文字通信還是我們唯一的聯繫，只好期望她能體會到文字背後的意義。

明里寫的信中，看不到那天的世界。

即使如此，我依然希望能在她的字裡行間內，從我寫信給她的行為之中，尋求那完美體驗所留下的一絲餘溫。

結論是可以預期的，但我就是無法消滅那最後的期待。

最終，一再的落空使我疲憊。

來到種子島的這幾年，在上學和放學時檢查信箱已成為我日常生活的一部分。

換句話說，是滲透進身體的習慣。

我像是在等待救援一般，需要她的信啊！

每當在信箱發現她的來信，喜悅的一角，卻總是混雜著淡淡的無力感。
那個時候，真的……
明明是那樣的深刻，就像是自己身體的一部分，現在卻覺得如此遙遠，伸手也觸及不到。
好幾次試圖用文字將那份情感留下，不過終究會衍生出另外一樣情愫。
無力感……我想，明里一定也和我一樣吧！
只要再多寫一句，再劃下一筆，就能夠踏入那個領域了。
但一時的猶豫，總是將我從陣前拉了回來，筆鋒也因此停滯。
這樣的感受，我是最清楚的——那就是文字的極限。
如同走在懸崖邊，不得再往前任何一步。
就算真想用言語表達，也僅會令你空虛的開不了口，發不出聲。
沒有喇叭的音響，無論CD怎樣的空轉，演奏持續播放卻還是聽不見聲音。
而總有一天，我們會放棄這份從信中共有的溫存，失去努力的動力。
倘若手中的信紙，完全成為繁瑣記錄和報告近況的工具，那疊深遠的意義還有厚實感都消失……
我和她的通信，就會終止。

當我發現，信箱不再出現明里寄來的信，而我也沒有回信給她的時候，內心其實鬆了一口氣。

短暫的平靜過後，「她」僅存在我身上的氣息，開始被濃烈的現實色彩給掩埋。不吭一聲的我默默承受，因為再也不會有第二個人能夠走入我的世界，也不再期望有人能夠完全地接受自己。

那是一種解離般空白的憂鬱。

# 10

島上的生活有很多地方都很不一樣。

令我感到驚訝的其中一項，就是高中生可以隨意地騎乘輕量摩托車上學。

圖書館前面，面對國道的停車場裡，常常停著一臺小型的機車。從建築物裡走出來，那個穿著水手服的女孩子，戴上沒有擋風罩的白色安全帽，跨上機車熟練地踢開架在地面上的腳架，然後從容離去。

學校當然是允許機車通勤的。

用本島的角度來看相當稀奇。

事實上，直到現在我都還覺得很不可思議。

種子島雖是相當大的離島，卻沒有鋪設鐵路。

公車的路線也少之又少，所以機車才會盛行，但我覺得很多距離其實自行車也是到得了的。

想是這樣想，當我開始從南種子町到中種子高中就學時才發現，機車絕對是必要的，那可是島上不可或缺的生活必需品啊！

剛開始的時候，我是騎自行車上學的。

我家到學校的路程，在查詢地圖後發現，正好是十五公里。

就當作是每天的運動，這距離不算太吃力，而且以種子島平坦的地勢來說，應該很輕鬆吧！心裡這樣盤算著。

但在實行了一兩個禮拜後，一切完全不如我所想像的那樣。

（到底是誰說種子島地勢平坦啊！）

應該只能說，地勢沒有像標高一千五百公尺的屋久島那樣陡峭而已。以環海的地形來說，一定程度上的隆起是正常的，也不可能像本島的平野那樣低平穩定。

在騎腳踏環島觀光的時候，那些上坡對我來說並不算什麼困擾。

但每天固定的爬坡，身體和意識都能夠確實感受到那份重量。

南種子和中種子的中間，有一塊地勢低平像是山谷一樣的地方。田園風景，從兩側展開來，廣大而秀麗，但這也表示回程的時候，要經過極陡的上坡路段。

如果要趕在上課的鐘聲響起前抵達，就必須再疾速衝刺，爬上坡時會造成心臟跟肺部很大的負擔。

若是在下坡時，完全放掉剎車滑行，一不小心可是會摔個四腳朝天。

這些都算還好的。

島上一整年都會刮著強勁的海風，逆風騎車時總覺得心底癢癢的不是很舒服。路邊的照明也不明亮，就算是在國道上，街燈數還是少得可憐。離聚落遠一點的地方，沒有民家的燈火，時間稍晚一點便什麼都看不到了。

用一片漆黑來形容可是一點都不誇張。

根本分辨不出哪裡是道路，而自行車上裝設的車燈也完全發揮不了作用。

在這樣的情況下，一旦下起雨，情況就更糟糕，不懷好意的午後陣雨時常打攪回家的路途。

因此，我早早地放棄，抱了一個晚上的佛腳順利考到輕量機車駕照。購買了學校指定的本田小野狼車款。

那是五十ｃｃ的小車，相當方便。可以放行李，又有變速器可以換檔，爬坡順暢，腳邊還有擋風板，實用性很高。

這樣說來，一開始澄田就有勸我說：「買臺野狼比較好喔！」那時候還對自己的體力有著無謂的自信。

「不用啦，我騎自行車就可以了。」我這樣回答，然後輕鬆地舉起車頭轉了方向。

第一次騎機車上學的那天，在停車場巧遇了正在停車的澄田，她對我說：「早就跟你過講了吧！」

我再次注意到「澄田花苗」這個女孩，是在剛升高中的夏天前，那時我還騎著自行車通勤。

從中種子高中往東邊一直騎，終點就是中山海岸。

經過一個聚落後，兩側都是田地，穿過投幣式打穀機，登上林中的小道，下坡後，道路兩旁擺放著廢棄的快艇，再往前走一點，離開樹林後，海岸突然間映入眼簾。

那裡有座停車場，而它的正面是用水泥製護欄圍住的駐船場。

不過我從來沒有看過船隻停靠在那。因為早已荒廢，無人使用。

駐船場的右側，是一片白色的沙灘。隨著海灣曲折延綿，沙粒細小，往下挖去還會閃閃發光。

海很寬廣，顏色深邃，遠處水渦所帶來的波動逐漸碎裂成白色的泡沫，時而捲成小水柱，打在岸上。

這景色令人百看不厭。

然而看海不是我來到這裡的目的。

我去停車場邊搬來白色的大石塊，放在沙灘上。接著坐在上頭，點起一根菸。

這裡幾乎沒有人會過來。

當時還沒有那個叫做ＴＡＳＰＯ的ＩＣ卡，使用自動販賣機買菸是沒有任何阻礙的。而現在，身處於那個到處都是熟人的島嶼，想要抽菸的高中生們，又該怎麼辦呢？

無意識地伸手把玩腳邊打碗花的枝蔓，我放空眺望著遠方的海。

在海面的最遠處卻看到趴板衝浪者的小小身影，正朝著浪峰划水。

真是稀奇，這裡明明是禁止下水的海域。

在空無一人的海中獨自練習很是方便，但這樣真的好嗎？

對方穿著黃色潛水衣，其實相當顯眼，身材看起來十分嬌小。

說不定是個女生。

逆著海浪努力划水，浪板還是被打了回來，

就這樣不停重復一樣的動作。

沒有辦法判定對方的技術到底好不好，因為看起來就是一個初學者。

那畫面竟莫名地引起我心中的震盪。

與其說是想要破浪前進，還不如說是奮力與襲來的浪頭對抗，那不願妥協的姿態相當動人。

反覆的狀態開始令我焦急。

赤裸的映照了自己所欠缺而選擇逃避的部分。

將菸盒和攜帶式菸灰缸收進口袋，一面感受臀部下石頭透出的清涼，一面凝望著遠方的身影。

突然間我發現，那衝浪者不就是澄田花苗嗎？

在那之後的幾分鐘，我仔細觀察然後確定那個人就是她。

澄田花苗和我一樣就讀南種子中學然後進入中種子高中，班級就在隔壁的隔壁。

南種子中學後可選擇的高中只有兩所，所以國高中都在同一間學校唸書並不是什麼稀奇的事。

原來她有在衝浪啊！

雖然現在才知道這件事，但我並不感到意外。

澄田就是在島上土生土長，健康自然的女孩。那樣的女孩會從事海上活動是很正常的。

一段時間中，我就是靜靜的看著她奮力上板，然後落水。

最後她似乎放棄了，默默地朝沙灘的方向移動。

水深漸淺，在腳踏得到地後，她用力劃開前方的海浪，用塑膠繩拖著浪板，慢慢地走著。

終於發現我的存在，她嚇了一跳。

「呦！」

不講話實在不太自然，我主動打了招呼。

怎麼了嗎？好像看到妖怪似的。

她流露出驚恐的神情，一副做錯事被發現的樣子。

「遠野同學……」

她呆站在原地，然後緩緩地前進，在一定的距離後停下腳步。

持續喘著氣，上氣不接下氣地說道：

「你怎麼會在這裡？」

「怎麼說呢……就是剛好。」

我只能這樣說。

「我完全不知道原來妳有在衝浪啊！」

「那個……」

她手指扭捏地交纏在胸前，看以起來很難為情。

我好像不該在這個時機打擾她。

如同好不容易下了決心般，她大步走向我，在身旁的沙灘上坐了下來。

「現在還完全稱不上在衝浪啦，完全是初學者。」

她低著頭說著。

我想，她之所以選擇和我並排而坐，應該是不想讓我看到她穿著緊身潛水衣的模樣吧！

直挺挺的坐著，我的眼神追著拍打上岸的白色浪花。

但她意外修長的雙腿，持續留在我的腦海中打轉。
「不過現在水還很冷吧！放學就直接過來，真是厲害。」
「嗯……」
「莫非妳每天都在練習嗎？」
「不是每天啦！而且我也不厲害，一點也不。」
我是真心的佩服她，但她卻豎立起要我不要再接近的牆。
或許在她的內心被什麼牽絆著，因此不喜歡別人輕易地談論吧！
「遠野同學常常會來這裡嗎？」
「很少吧！大概來過兩三次而已。」
「這樣啊……遠野同學果然有些奇怪。」
「奇怪嗎？為什麼？」
「一般人不會獨自來看海吧！」
「是這樣嗎？」
「嗯，很不一樣。」
應該就如同她說的，一個人沒有理由的跑去海邊發呆，這樣的行為確實缺乏現實感。
即使如此，被當地的孩子這樣說，還是刺痛了我的自我意識。

有一種疏離感，原來大家都是這樣看我的，同時也覺得自己好像被放逐了一般。

總之，這感覺不太好。

「這個浪板很漂亮。」

不是故意要奉承她，我想到什麼就說了。

「真的嗎？你真的這樣覺得？」她對我說。

「嗯，好像有著神奇的魔力。在浪頭上駕馭它時會感覺很過癮，不過，單純在閃閃發亮的海水中划行一定也很棒。」

「啊，我能了解。其實我最喜歡面向海中央前進的時刻。」

「那是怎樣的感覺啊？」

「嗯……有一股勇往直前的氣勢。『就是今天了！』今天一定會站上浪板……大概是這樣的吧！對接下來發生的事情充滿期待。」

「蓄勢待發的緊張感。」

「對！就是那種感覺。」她的眼神直發亮。

「遠野同學為什麼可以馬上想到那些適合的詞句啊？」

「也還好吧！」

「我每次都希望能夠好好表達自己的意思。」

「妳已經做到了喔。」

「真的嗎……不過我總覺得，遠野同學在跟朋友說話的時候，常常講到一半就放棄了，即使有那種想要表達的東西。」

「是這樣嗎……」

我決定換個話題。

「如果可以的話，我想在旁邊見習，看妳衝浪。」

「不可以！」

她很有氣勢地斷然拒絕我，態度十分強硬。

「為什麼？」

「因為我很遜。」

「沒有這回事啊！」

「我跟你是不一樣的。」

「妳是指什麼地方？」

「很多地方都是，我是很複雜的，一點都不簡單。」

「喔……這樣啊……」

我想，並沒有什麼不同吧！

她只是不想認同我心裡混亂的那部分，不願去承認罷了。

直到差不多要回家的時候，我問她要不要一起去便利商店逛逛。「咦，可以嗎？」她的回答有些牛頭不對馬嘴，本來就是我邀請她的，哪有什麼可以不可以。

澄田花苗對我說，要我等一下子就好，然後就消失在濃密的灌木叢裡。話說回來，她是怎麼到這裡的，走路是到不了，那應該是騎車吧！想著想著，就看到她從樹叢深處走來，我幾乎沒有任何等待的感覺。她穿著學校的水手服，脖子上掛著毛巾，推著她的野狼機車。

她是在那樣的地方換好衣服的啊！與其說是訝異，還不如說是佩服。真不愧是在南島長大的女孩，若是在東京才不可能呢！這樣自然而不造作的特質，在我眼中看來十分耀眼。

我騎自行車，她騎機車，我們在 Eye Shop 前停了下來。Eye Shop 是鹿兒島當地的連鎖便利商店。從中山海岸到南種子町的路上，只有這間算是像樣的商店。而便利商店的好處就是便宜，逛起來也沒有負擔。

我全力地踩著踏板，她放開油門，我們的速度就剛好一致。

抵達商店的時候，我都快喘不過氣來。

我們買完飲料，就坐在店外那張褪色的長椅上聊天。

聊的都是一些很小的事情，像是剛剛開始的高中課程，還有一些關於老師的話題。
熱心的澄田再度勸我買臺機車代步，那時候，我還是執著於自行車通勤，接近逞強的跟她說自己不需要，但其實內心已為機車的輕鬆便利感到動搖。
比起這些，我始終放不下的，是在彼岸的那個她。
那種感覺就像是只把話說到一半，然後就放棄一樣。
正如她所說的……
我常常感覺到自己的傷口受到撞擊。
這樣的奇怪的意識縈繞不絕，無法將話說完的態度因而明顯。
不過我真的沒想到，這部分竟然會被像澄田這樣，在學校表現平凡，而且幾乎沒有太多交集的女孩給看穿。
真是意外。
假如在我內心，澄田的定位開始有了某種變化，這件事會是個契機。
自從那天之後，我與她的距離拉近了些。
有時在學校的走廊擦身而過，我們會揮揮手，或是以眼神示意，身旁如果沒有朋友，就會停下來聊一聊。若是剛好在放學回家的時候遇到，也會一起騎車回家。
嗯……我們的關係就像這樣吧！

澄田同學在跟我說話的時候，總是帶有一絲緊張的神色。

在學校看她不是這樣的啊！和其他同學講話時看起來很放鬆，我覺得那樣的她反而很有魅力，但在我面前不知為何就是很生硬。

話雖如此，感受得出來她並不是因為討厭我。

所以……這樣說或許有些自戀，我想她應該是喜歡上我了。

被我所撞見，那個開懷大笑的她就是證據。

我不打算做任何反應，也就是說，忽略這個問題……就像從未發現。

但是，我對她依舊持有最單純的好感。

我喜歡她的氛圍。

圍繞在她身邊的空氣，能夠吸收我多餘的努力。

那感受令人懷念。

有個可以說話談天的異性朋友，果然不錯。

跟她相處的時候，我的緊張焦慮會得到舒緩，也因此發現在那個無意識中總是緗緊神經的自己。

有她在身旁，我好像比較安心。

父親的工作穩定，應該不會再有調動了吧！
在這個島上工作，直到退休，就這樣落地生根。
這是我第一次感覺到安定。
長年的轉學經驗，讓我無法對一個環境深入，所有地方對我來說也都是暫時的，
對於這塊土地，我也是保持一樣的態度，反正不久之後又會移動到另一個地方。
但是，如此的世界觀開始傾斜。
我想換一個環境。
這樣的想法在獨處時越趨明確，令我有些震驚。
那個從小跟著家裡到處奔波遷徙的我，竟會有這樣的期望。
對我來說，所謂的搬家或是移動，是因為外在的因素造成，從不是自願的。
無論之前如何的累積，到最後全都化為雲煙的體驗，我是如同放棄般接受的不是嗎？怎麼會這樣？
大概是為自己在這個島上逐漸安定的生活而感到焦慮。
我花了很多時間思考這個問題。
原來自己不是放棄逃亡的野獸，還是擁有自我的意識和要求啊！
「想換一個環境」這句話，似乎包含了另一層面的意思。
「我想回去那個地方。」

不過，那又會是哪裡？

我的故鄉不存在，也沒有對於任何地方懷抱特殊的情緒，抑或是生長出屬於自己的脈絡。

究竟想要回去哪裡呢？

我又把自己給忘在何處了？

這時，我想到很久沒有出現的那個名字，篠原明里。

但我一點都不覺得，那個沒有她的城市，會是自己的歸處⋯⋯

於是，我做了那個夢。

# 9

天空不是均質的。

很明顯，這裡不是地球。

一片漆黑之中，空中閃耀著詭譎而不確定的光線。近乎黑色的丈青天頂，氣狀的星雲飄散，劃下紫紅和淡藍交織的條紋。

深處鈦白色的雲隨風而飛，模樣和那團星雲交錯。灑下的星星一明一滅，有幾顆特別近，特別大，光影滲透進天幕中排成了十字架的形狀。而細長的飛機雲，蹓成螺旋扶搖直上。

在那樣的天空表情下，有兩隻小鳥飛過。

若是從星雲劃落的方向來看，天空的顏色，由頂端到地平線為止，呈現深至淡的漸層，丈青轉為深藍，在從深藍染成珊瑚海般的淡綠色。

光線由地平線上開始擴散。

一點一點，確實地擴散著。

在柔和的氣氛中，深夜的領域，就這樣慢慢被淡綠色的勢力浸蝕變化。

柔和的光，爬上柔和的闇。
好像伸手就能觸碰到的雲彩低行飄過。
我聽到了風的聲音。
呼嘯而過，覆蓋整個山丘的草為之起伏成浪。
沒錯，我站在山丘之上。
這裡擁有最遼闊的天景，最遙遠的地平線。
應該就是世界的中心啊！
絲毫沒有人工修飾的完美無瑕。
有兩個身影，踩在柔軟的草地上，步行登上山丘。
我是其中一個人。
而另一個身影屬於一個女孩。
踩著草皮的腳步聲稀稀疏疏的，我們在爬到一定的高度後，停下了腳步。
女孩在草原上坐了下來。
四周開滿白色的小花，類似蜻蜓的昆蟲揮舞著翅膀紛飛。
透綠色的光暈圍繞在我們倆身旁。
一同仰望著遠方珊瑚色的天空。
強勁的風勢，恣意吹散草和樹葉，還有她的頭髮。

我們看到了。

浮出地平線，露出蒼然全貌的巨大星球。

以月亮來說太過龐大，眼前的那顆星球散發的引力，就快要把我們給吸了進去。

我想那一定不是月球。

我知道，這就是雙行星。

牽著對方的手，繞著對方相互旋轉的雙子星。

我和她站了起來，在和緩的曙光中，凝視著前方的宿命，和我們宿命般牽動的行星。

然後——太陽冉冉升起。

蒼茫的彼星下射出白色的光線。

看著光線細小的粒子，瞬間，大氣又更換了形態，在原來的安穩世界，投入了太過耀眼而眩目的光芒。

壓倒性的光源，覆蓋那顆星球，滿天的星星也同樣消失殆盡。

夜色散去。

看著放射狀照射的亮光，太陽靜悄悄攀升，地上的光線改變，我們的影子從前方繞到了身後。

沐浴在陽光下的草木，開始染上鮮豔的色彩。

光芒射穿在低空飄浮的雲朵，將影子投射到天空之上。

完美的太陽刻下完美的幻日環。

奪目的光彩使我睜不開眼。

低頭看著她。

狂風吹亂了她的頭髮，而我試圖喚回我的知覺感受。

太陽和行星的二重奏令她看得入迷。

維持站立的我，被陽光晒得發燙，坐著的她卻仍舊處在陰影之中。

我看不到她的臉。

亮白的太陽，突然火紅的燃燒了起來，將天空焰上橘色。

炙熱的空氣扭曲了風景，搖晃著畫面。

有鳥群飛過。

這個當下，我早已分不清到底是日出還是日落。

睜開眼，我躺在自己房裡。

晨光透過薄薄的窗帘灑了進來。

梳洗後換上制服，連早餐都還沒吃，我就跨上了機車。

學校裡一個人都沒有，我走到弓道場，拉開靶場的鐵門。
拿起自己專用的弓和箭。
弓是肥厚蘇山出產的，上頭綁著碳纖維的合成弦，而箭頭是硬鋁製的。
我從靶場的左側進去，站在射擊位置，陽光就投射在腳邊。
種子島的朝日，沒有夢境中火紅，炎色淡了許多。
從那個夢境中甦醒的早晨，就算不是練習的日子，我也會跑來學校射箭。
或許是想避免自己的夢境被現實的雜音還有氛圍給影響吧！
我也搞不清楚是什麼時候開始做這個夢的，在發現時它已綁架了潛意識。
那個不可能在地球上出現的場所，以及不知名的女孩。
所有的景觀都如同圖畫般清楚留下，唯獨女孩的面容是一片茫然，拼湊不出輪廓，只烙下深刻的存在感。
種子島應該是那地方的雛形。廣闊的山丘，似乎就存在島上的某處。
不過，我想終其一生都不可能親眼目睹，那雙行星和扭曲的太陽。
到底是受到什麼影響呢？
夢中的風景令我感到安逸圓滿。
那裡有我所追求的一切，無法用言語表達，自己的慾望如同幻影般強硬地投射於我的夢境中，呈現出奇異的世界。

如果真的可以到得了那裡……
我願意捨棄我的全部。
家人、朋友、歸屬感還有自己的未來，我都不要了。
我是如此深愛著那個世界。
深愛著被填滿的完美。
清醒後的現實，在缺陷和不全中拉扯。
打開水龍頭，直接喝下大量的水。
毫不保留地狂飲，喉下的感觸使我深深明白，自己的渴望並不是生理上所造成。
我確實是個不完整的人。
丟失的那塊缺角，就是那個夢境。
夢中的世界所呈現出的東西。
或許，在內心某個不具名的角落，脹大的念頭正迫使自己不斷去追尋，若是一天沒有得到答案，這樣的夢境和早晨就不會放過我，永遠無法滿足。

我奮力地拉弓射箭，直到自己的手腕因用盡力氣而顫抖。爾後，我拿出手機，打開了電子郵件的功能。自從那個夢境出現後，我習慣性的在手機記錄夢中的一切，深怕自己會遺漏任何片段。

渲染夜空的星雲，奇幻瑰麗的淡綠色低空還有那個女孩的體溫，所有的印象，從開始到結束，都化為文字一點一滴的刻下。

自然而然地，我在後頭加上了一句：

「妳是誰？」

當下的瞬間，我才發現了自己。

這樣的意念原來就深埋在心中深處。

假想的角色，架空的訊息。

有一個人能夠完全瞭解。

我怎麼會說出如此不切實際的話？

到底想表達什麼又能傳遞給誰？

自己卻也弄不明白。

仰賴著起床後立即遺忘的夢，空虛地希冀縹緲於意識的另一頭。

一如往常的，我暫時把玩手中的手機，然後按下按鍵，把文字記錄通通刪去。

有關篠原明里的記憶令我懷念，但僅僅如此而已。我有眼前的生活要過，還有很多必須要做的事。她對我來說已經是過去式了，能夠這樣接受其實也沒想像中困難。

雖然只是一天一天過日子，但對我來說依舊太費心力。時間沒有充裕到能夠回顧過往的事。

不過，我常常感受到身邊有一個氣息，一個人影，出現在我視野的角落。每次都會停下腳步。

那個身影、那份氣息是屬於誰的？好像就在不遠處注視著我一般。

一旦將眼神轉向，卻又瞬間消失，那個人從來就不存在。對於我這番突如其來的詭異舉動，澄田花苗總是露出驚訝的表情看著我。

那算是人影嗎？

正確來說，那就是一陣氣息，像是呼吸。

不過那呼吸對我而言是溫暖而熟悉的。

外界看來，我大概是個善良，與人和善，沒什麼大問題的人吧！

而我就是這樣生活著。

但我和外面的世界之中，總是隔著一層透明的膜，藉以維持與環境最低限度的友好。

除了澄田之外沒有人發現的瑕疵，我想一定是在薄膜之中出現了誤差，進而投射出了那個身影。

我還是不知道那個人的真實身分，自己也無法確定，是否真有那樣必須傳遞出去的信息。

「妳到底是誰？」

我曾經在一個人獨處時，開口詢問從世界的裂縫中窺探到的影子。

這是屬於我的黑暗。

## 8

雖是經過一番迂迴曲折才到手，但選擇機車代步果然還是明智的決定。

這樣一來，整個島嶼都進畫了活動範圍內。

在自己喜歡的時刻，可以輕易地到達北端的西之表市，這是其中一項很大的要因。只有在那裡才能買到生活必需品以外的東西，要去鹿兒島也必須從西之表港出發。

生活圈一口氣擴大了，而這件事也稍稍影響到我的意識。

伸手可及的距離拉遠，代表能夠抓住的東西變多。

就像是自己的手突然長長了一般，自己也等比例的變大，得到的自由都同時增加。

我可以利用整個星期日的時間，環島一周。

雖然在幾年前騎著自行車做過一樣的事情，但感受就是不一樣。

騎自行車的時候，我得死命地踩著踏板，而現在，我可以按照心情選擇不同的道路行駛，輕鬆地就能抵達目的地，情緒也因此高昂不少。

下一步，我要開車。而以島上的生活來說，會這樣想是再正常不過了。自己能夠支配的範圍一定更加廣闊啊！光用想的就覺得很過癮。

但不論機車或是汽車多麼方便，終究無法離開這座島嶼……夢想總是在中途就會停止。

只要我感到煩悶，就會騎著小野狼沿著廣田遺跡到宇宙中心的海岸邊奔馳。迎面吹來的風，總是那樣的舒適，海的氣息也是一如往常的清爽。道路上的高低落差大，蜿蜒細窄的小道，有的連汽車都無法通過。若是在關東區域的話，那些飆車族一定會來這裡報到，並且納入自己的私人賽道。有些上坡即使催了油門還是能感到引擎的無力，只要看著左方的海峽，置身於彎曲的道路之中，就能忘卻身心所承受的負擔，遠遠地拋去腦後。

騎累了，可以靠在崖邊設立的欄杆上休息，或是直接躺在草地上。穩住呼吸，淨空思緒放空個一小時，心境會像是更換了頻道一般，這樣美麗的錯覺我曾經有過幾次。

在這個島上有很多只有我知道的祕密基地。

不過，有時會在那些地方遇到澄田。

不太確定是什麼時候了，只記得那時她已經從小型的趴板換成衝浪用的短板，所以應該是高二夏天以後的事。她因為想親身體驗站在浪板上的感覺，因此放棄趴板而成為正式的衝浪玩家。

這裡本是人煙稀少，我選擇的地方更是偏僻，能夠在學校以外的地方偶遇，算是相當稀奇的。

從離南種子中心街有一段距離的地方，一路往南方騎，我看到一臺熟悉的機車而停止前進。

那臺是澄田的。

雖然都是同一款機車，但從髒汙的形狀還有長年使用的痕跡來判斷，其實不難分辨。

沒有見到主人的身影，我環視四周找了一下。

隨意地走著，抬頭一看才發現，我走到了一間小學的前面。

看不到孩童的身影，也沒有一點聲音，由鋼筋水泥所建造的兩層樓建築更是嚴重受損。

（莫非是廢棄的學校……？）

我穿過鐵門，進而侵入操場。

馬上就發現她了，她坐在操場邊的長椅上發著呆，把腿伸得直直的。

她注意到我的存在，用著持續放空的表情說：

「遠野同學……」

如此平靜的反應很不尋常。

「妳怎麼在這麼奇怪的地方？」

我慢慢地走向她。

「嗯，覺得累的時候偶爾會過來。」

這句話根本就是我會說的。

照著話面上的意思解讀，原來她累了啊！

說實話，我有點心疼她。

這樣開朗的女孩會覺得疲憊，反而像是出了什麼錯一樣。

「遠野同學，跟你說喔！」她突然開口。「我以前是念這個國小的。」

「喔！原來如此。」

「現在已經沒有人在使用了。」

「看得出來。」

我再度環顧這間學校，塗在水泥牆上的胭脂色油漆，已明顯掉色，斑駁不堪。

「在遠野同學所看過的學校中，應該沒有一間像這樣直接讓水泥牆裸露吧。」

「嗯，沒有錯。」

「因為颱風的緣故，若是鋪上灰泥或是瓷磚會非常危險，所以才會直接在水泥牆上刷油漆。變成像現在這樣，看起來有些落寞對吧！」

我是有聽說過，由於人口流失造成的學校整合，導致小學數量大減這樣的新聞。但對於我這個中學才搬來的轉學生來說，並沒有什麼太大的關聯。

不過，從沒有精神的澄田口中聽到，的確能體會這件事情的嚴重性。

我用最直接的反應說道。

「很難過嗎？」

「嗯。」她誠實的回答。

「畢竟在這裡念了六年的書，自七歲開始的回憶，而那樣令人懷念的地方消失了，當然會覺得難過。」

「這樣啊。」

我點頭同意的下一刻，從口中冒出的話，連自己都覺得驚訝。

「真羨慕妳……」

「為什麼？」她問。

「我沒有那樣的感受啊！在不停的轉學之下，對任何地方都沒有感情，也沒有值得回憶的地方。」

「遠野同學你不是一直想回去東京嗎？」

「怎麼說？」

「看得出來啊，而且也有這樣的傳言。」

「我其實沒有特別執著於東京。」

「但你想念那裡的大學不是嗎？」

「一切只是剛好而已，以本國來說，東京像是終點一般的存在。若是感到困惑，就先盡可能地接近中心吧！就像這樣。」

「我知道了，不過……你還真果斷啊！」

「如果妳真要這麼說的話。」

一段時間，她不停撥弄自己的手指，像是在思考什麼問題。

那手指的動作應該是為了不要忘記時間吧。

「要怎樣才可以像你一樣善於做出選擇啊？」

「像我一樣？」

「我沒有辦法決定任何事情。」

「不會啊！妳不就選擇了衝浪嗎？」

「那是因為我姊姊的關係。我只是跟著學而已。自己到底想做什麼呢？要去哪裡好呢？這些我完全不知道。」

「妳是指升學的事嗎？」

「那也在其中之一……」

「比那更全面的事情？」

「嗯，所以我才會如此焦急。」

「焦急？」

「……是害怕吧！」

「害怕？」

「……好像想要什麼東西，卻無法下定決心的那個部分，還有看著別人都做出選擇的時候也是。」

「啊……」

我終於搞懂了。

原來是這麼一回事。

她無法作出決定的恐懼，我已深刻感受到並且能夠理解。

不知道自己要做什麼，也看不到自己的未來。

無從選擇，用來判斷的素材也不夠。

重要的是什麼？不能放手的是什麼？無論如何都想得到的東西又是什麼呢？

若是都不了解，該如何前進。

對其他人來說如此輕鬆，為什麼自己卻做不到。

用比較惡劣的口氣來說的話，就是沒有個像樣的夢想。

這件事，正困擾著澄田花苗同學。

那份焦急心情也傳到了我的身上。

自己又是如何？

或許我只是不願意直接面對那種恐懼，而倉促隨意地選擇罷了。

在她身邊那些「輕易作出決定的人們」，應該也是一樣。

（仔細想想，有多少人能夠真正的知道自己想要什麼呢？）

不想承認但自己其實也是其中一人吧！

盲目地跟從潮流跟媒體，那被稱之為社會的洪流，不停灌輸我們「人就要有夢想」的觀念，電視、雜誌還有暢銷書等等，也總是不負責任地鼓吹，實現夢想是多麼美好的事……

人們也深信，只要有想要追尋的目標就是值得贊賞的。

而這樣一廂情願的想法卻困擾著澄田花苗。

「衝浪也只是跟姊姊學的而已。」她說。「剛好容易接觸罷了，其實什麼都好啊！我以為只要認真去做什麼事，自己也會改變，所以才請姊姊教我的。」

「嗯。」

「但果然還是行不通。我連板子都站不上去，不可能啦！像我這樣一無是處的人什麼都做不好，不過我也不是一定要衝浪啊！差不多該放棄了吧……」

「絕對不能放棄。」

我肯定地說。

「什麼？」

她好像現在才回過神一樣，站起來看著我。

「雖然現在可能看不到目的地，但並不是在原地打轉，就算沒有感受到確切的進步，也不代表自己沒有在前進。」

「什……什麼意思？」

她表情相當困惑。

「只要持續地做一件事，就一定可以達到一個終點。而不論是怎樣不起眼的終點，它都可以被稱作妳的成果，或許不完全如妳所願，但那過程就是妳真正得到的東西。妳看，前面就是寶滿之池對吧！有赤米神田那邊。」

「嗯？喔！在寶滿神社裡頭。」

寶滿神社是種子島著名的觀光景點，主要祭祀稻作女神，一旁相連著巨大的淡水池。

「妳知道從那池水潛下，是可以通到馬立海岸的岩洞的嗎？」

「騙人！真的假的！它們連在一起嗎？」

「它們並沒有相連，只是有這樣的傳說，而相連的是人們的想像。」

「啊！嚇了我一跳。不過遠野同學怎麼會知道這件事？」

「我想說的是，很多事物都像這樣，在意想不到的地方相互聯結。努力的過程中，一個回頭，才驚覺自己已在不知不覺走到了這裡，如此的感慨，眼前所走過的距離，以結果來說是正確的。所以妳要繼續，不要中斷才好，一旦停止了就真的哪兒都去不了。」

澄田同學安靜了一會，然後無關緊要的說道。

「這是我第一次看到你講那麼多話。」

「我本來就不是一個沉默寡言的人啊！該說的話我就會說。」我回答道。

她沒有為我的發言表示贊同或是否定。

畢竟，若是能夠輕易地想通或是被說動，那就不叫做煩惱了。

「那個傳言我倒是第一次聽到，為什麼我這個在地人會從你口中聽到這件事呢？」

就是因為從小生長在這片土地才會不知道吧！

當地的居民本來就不會留意什麼附近的觀光景點，我是這樣想的，不過我選擇沉默。

我開始對澄田花苗這個存在產生很大的共鳴。

尤其是她的不安與恐懼。

單純的擁有夢想和希望還有目標的人實在太多了。

「你的夢想是什麼？」會問這樣問題的人也不勝枚舉。

我不願意回答他們。

那種話語的脅迫，我可是不會妥協的。

把夢想輕易地掛在嘴邊，無疑會造成它的耗損，而我更為那些人的遲鈍感到不可思議。

為什麼想把這樣茫然的存在具體化？

非要用言語來詆毀如此無形而重要的東西嗎？

一定是因為他們不懂什麼是真正的美好。

真正有價值的東西，不是有形的框架能夠捕捉的。

像這樣，充滿攻擊性的思考在我腦中擴散。

我為剛才的發言感到不安。

那些對自己來說相當致命的事，我下意識地將它略過，沒有說出口。

還大言不慚的說什麼，只要持續就一定走得到終點？

太過輕率了。

深深的湖底沒有隧道也到不了另一個地方啊！

就算達不到期望也沒關係？

這樣的話似乎也說服不了自己。

我到底要選擇什麼？

明明什麼都沒有。

也早就知道自己完全沒有挑選的資格。

「沒有姊姊我可能什麼都做不到……」她說。「什麼都受到姊姊的影響，回過神來發現自己好像變成姊姊的複製品。」

「和姊姊一樣不好嗎？」

「當然不好。怎麼說，我不喜歡那樣，還有被比較也是。」

「我是獨生子，所以不太瞭解那種感受。」

「我是最喜歡我姊姊沒錯，但這也同樣是種壓力。她直接考進福岡大學，攻讀教職，然後順利考取執照回到家鄉。這樣優秀的人就在身邊，就算去了學校，她也在那裡。」

我腦中浮現澄田美穗的事情。

澄田老師是在我們高中入學那年，同時期進入學校赴任。

「還是希望你能幫我保密。遠野同學本來也不知道我跟她的姊妹關係吧！」她雖這麼說，但我是知道的。事實上，我曾經跟澄田老師說過幾次話。

# 7

那是在某天傍晚發生的事。我還是剛入學的高一新生。一天回家的途中，機車不巧在荒涼的產業道路上拋錨。

踩了好幾下啟動器，引擎還是沒有要發動的跡象，連一點聲響都沒有。離家還有一段距離，天色也越來越暗。

正在思索自己該如何是好的時候，有一臺路過的老舊箱型車停了下來，年輕的女性駕駛走下車。

「怎麼了嗎？」她說。

「拋錨了。」

「嗯，看來是新車喔！」

她左右打量我的機車。

「是不是沒油了啊？」

口氣爽朗而不造作。

「大家都對檔車的耗油量太有自信囉！大部分的新手騎士都無法掌握加油的時機。

很常見啦！去買汽油吧！我載你過去。」
「真是麻煩了，謝謝妳。」這時，我才發現對方的身分。
「你果然是我們學校的學生啊！還好我有經過這裡，身上有錢嗎？」
「澄田老師？」
「嗯，應該還夠。」
在我坐上副駕駛座的同時，澄田老師毫不猶豫地踩下油門。
仰賴車燈的照明，我們前進在薄闇中的道路。
車內播放著 LINDBERG 的成名曲『BELIEVE IN LOVE』。
「這首歌真令人懷念。」我說。
「嗯？啊，這畢竟是我這個世代的歌曲。」澄田老師有些懷疑地說道。「不過你聽到會覺得懷念？」
「嗯，懷念，」
「高中生怎麼都那麼輕易就說什麼『好懷念喔』！雖然我自己曾經也是其中一人。」
「這樣說來也是。但有一段時期，我住的公寓有裝第四臺，然後剛好有在電視上聽到過，而當時陽臺的景色也一起被鑲進這首歌裡。」
「所以你之前是住在……？」
「東京……還有很多地方。」

「哇！我真是越來越搞不清楚了。」她用指甲刮了刮方向盤的表面。「之前都還分得出來的，當地的孩子跟從其他地方來的學生。只要聽口音就知道了。不過，最近大家講話越來越沒有腔調。」

和加油站借了可攜式的汽油灌，裝滿油後，老師再載我回原處。

「是沒有地方好讓你遊蕩啦，不過還是早點回家吧！」透過車窗她這麼說著。而在她說話的同時，車子就已經開始移動，手也沒揮就很乾脆地加速離去。真是個有效率的人。

而車子拋錨的原因究竟是不是因為沒油我也沒特別確定，總之，在我打開油箱蓋加完油後，車子就可以發動了。

一踩就隨即發動。

之後不知過了幾個月，在某個星期天我又遇到了她。

那天我去西之表町買東西，然後在一間炭烤漢堡店裡吃午飯的時候，有一個人大剌剌地走進木造的店內，叫了我的名字，然後在對面的位置坐了下來。

她就是澄田老師。

「莫非是島內巡邏或是輔導之類的工作嗎？」

被她找到雖覺得很麻煩，但我還是保有最基本的禮貌。
「怎麼可能。在休假的日子做這種事也不會有薪水啊！」
她一邊跟店員點了咖啡，一邊用壞壞的口氣說。
「又是剛好路過遇到啊，想說就乾脆趁這個機會好好看看你長什麼樣子好了！」
「我的臉嗎？」
「嗯。」
「為什麼？」
「你覺得呢？」
我想了五秒左右，一個答案冒了出來。
「妳該不會是澄田花苗的親戚吧？」
「好快！你也太早就猜中了吧！」
「真的是這樣嗎？」我嚇了一跳。
「而且還不是普通的親戚喔！她是我親妹妹。這區域姓澄田的人家很多，我還以為不會被發現。」
正如她所說，在今天以前，我從沒有把澄田老師和澄田同學聯想在一起過。而一般不會在自己近親就讀的學校裡任教這樣常識，也阻礙了這個想法。
「在公立學校中很少見吧！」

「大概是因為職缺的關係吧，這個島上的高中實在太少了。如果是在本島的話一定需要轉學。雖然不打算公開我們是姊妹的事實，但一定也有人發現。」

我小心翼翼地，等待插話的時機，然後說：

「我們是不是有什麼誤會……」

「沒有啦！沒事沒事。」澄田姊姊苦笑了一下。「想說那孩子晚回家的時候，都有一個少年一路護送她回來。本來只想偷看他長什麼樣子，沒想到是有見過的臉孔。」

——就利用了職務之便稍微調查了一下，姊姊毫不避諱地說。

「然後想起兩三年前，我剛念完大學回到這裡時，就有聽她說起一個從東京來的轉學生。這些記憶線索都湊齊了之後，我把整件事都搞清楚了，同時也為我妹妹的容易理解感到佩服。」

果然不是誤解啊！我在心中皺起了眉，沉默了下來。

原來自己曾經像這樣，成為一個家庭裡茶餘飯後閒聊的話題啊。

這個世界也小得令人害怕，我的背脊也再度發涼。

「所以，再見到了我之後，有比較能夠接受了嗎？」

「我接不接受其實沒有什麼意義啦，但好奇心有達到滿足就是了。」

「那我可以問一下嗎？」

「可以啊，你想問什麼？」

「要怎樣才可以當老師呢?」

「在大學的時候可以選修教職課程。若是在一開始就決定了，那就可以直接就讀教育學科系。最近要念到碩士才比較好找工作的樣子，而念的大學好壞也會有所差異，總之呢，你可以好好的跟輔導老師做升學諮商。所以你是打算當老師?」

「我想應該當不成。」

「那又是為什麼?」

「只是一個參考，蒐集情報。」

我一說完，姊姊將身子往後傾。我想她是打算用全景來捕捉我的樣子吧!

「你沒有別的問題想問嗎?」

高中這三年，我之所以對她都一直保持著距離，原來就是這個瞬間所造成的。

她是在我目前所遇到的人當中，最為棘手的對象。

我無法接受自己像這樣被看穿。

「你是念福岡大學對吧?畢業後為什麼會決定回來這裡呢?」

我問道。這其實就是我真正想問的事。

「從一開始就打算在島內就職嗎?」

「都不算決定好的吧，走著走著自然而然就變成這樣。一直留在九州的可能性，當初也有的。」

「那消失的原因是？」

她考慮了一下，平靜地說：

「因為一段感情的結束。若不是這樣，我應該不會回來。」

我震驚得暫時無法將嘴巴完全合起，氣氛一下沉默了。

她將這樣的事情，向一個不太重要，而且年紀比她小的學生吐露。

這部分當然令我訝異，但另一方面，突然感受到一陣刺痛的我還在思索這痛覺是否來自心中的那道疤痕。

「嗯，就是個性不合啦！」

她的語氣沒有特別感傷，仍維持一貫爽朗的感覺。

「看不見未來啊，一味覺得自己只有現在的想法，其實是會侵蝕人心的。從今以後不會有比現在更好的狀態，這樣的念頭一旦浮現，就無法挽回了。但生活還是要過，而我也不知道要如何在這樣的狀態下和自己相處，」

對於一個鄉下的高中男生來說，我並沒有辦法完全讀取事實的全貌。

不知道她是否看穿了我的困惑，接著說：

「有點太抽象了嗎？這樣說應該很難體會。」

「是不是就像和對向電車交錯那樣……」

自己也不知道為什麼，這句話突然從口中迸了出來。

「對向電車？」

「也就是說，在多線道的鐵路上，兩臺電車朝著相對的方向行駛，而它們總會有一個瞬間是交錯而且完全重疊的，但那一瞬間，只存在於那個場所，那個時刻，錯過就再也不復存在，」

姊姊帶著些許驚訝的表情盯著我看。

「我不太會形容……」

「遠野同學，你有在看書吧！」

「和以前相比，現在看得相當少。」

「該怎麼說呢……突然冒出那樣的譬喻很怪耶！有一點可怕喔！在班上的時候倒看不出來。」

「沒什麼差吧？」

「怎麼會，我知道你在學校是另一個樣子。」

「那我可以繼續問下去嗎？」

「是可以啊，請問。」

「妳之所以選擇回來島上工作，單純是因為這裡是妳的故鄉，還是妳對這個地方還存有眷戀？」

……我以為她會直接附和我的話。

「其實，我只是想要說服自己，不管去了哪裡都是一樣的。」

姊姊這樣回答。

「不要以為到一個新的場所，就會有所改變或收獲，基本上那些都是美好幻想而已。泡泡終究會破掉，而我只是像在確認什麼一樣吧！當自己還是個高中生的時候，心裡想的就是希望能盡快逃離這個島。」

然後她笑著邊說「在這裡也可以衝浪啊」，一邊嘀咕著「不過，跟前途光明的高中生說這樣的話好嗎……」之類的話語。

「你要不要也試試啊？我可以教你喔！」

「不巧我已經參加另一個社團了。」

「也是弓道社嗎？」

「連社團的部分也調查了啊！」

「說起來……」

她若無其事地開口：

「你完全沒有想要問我有關花苗的事耶！」

她仰頭一口氣喝光手中的冰咖啡，最後好像又想到什麼，正準備開口的時候我說：

「今天的事我不會跟花苗說的。」

「你這樣說我反而更擔心。」

說完候站起身，用再自然不過的手勢試圖拿起桌上的兩張帳單。

在我發現她的目的後慌張地伸手阻攔，紙張卻已在她手中。

還沒回過神，她迅速地結好帳後瀟灑離去。

我非常不喜歡她的「最後一擊」，一段時間內心情都像是被烏雲籠罩。

我的雙手，為何總是觸碰不到自己的期望呢……

6

當中還是有發生一些事，但大部分的日子是怎麼過的自己也沒印象了。生活一成不變，射箭晨練、上課、社團活動然後回家。

在學業上，我只做必要的努力。就這樣過了兩年多，迎接了十八歲的夏天，升上了高三。

清晨，總在空無一人的校園中，拉開弓道社的鐵門。

射箭使我感到舒適自在。

沒有人在旁觀看，我大可拿出大把的箭，像電動遊戲般，把箭一次射完。（事實上這遊戲曾經流行過。）

但我從入道場到退場，一切都按照規則來走。

讓自己遵循嚴格的既定形式，這過程讓我覺得很不可思議。

排除了身為生物所產生肉體性的雜音，以及不具多大意義的個性，這是一種試圖將自我最佳化的行為。就像是在削鉛筆一般，將平鈍的部分削成尖銳狀。

若是在心存疑慮時射箭，成績一定不甚理想。這種時候就會被旁邊的人稱為「虛弓」。

「虛弓」是指想要射中的意識過於強烈，而往往造成的相反效果。

這部分我一直無法克服。

澄田有時候會來看我晨練。

好幾次在閒聊之中，我無防備地向她吐露出這樣的困擾。

那個夢，還在片片段段的持續著。

我夢到自己和那個女孩在青綠色的草原上漫步。

不知為何，那時刻總是在清晨。

爬上山丘。

柔軟的草皮還有從鞋底傳出，稀稀疏疏的摩擦聲都是那樣真實。

蟲在飛，風在吹，少女的長髮隨風飛舞。髮絲輕輕地繞上臉頰，搔得她用手撥開。

我知道啊，這景象如此自然，卻不是在地球上發生的。

陌生的星座、數不清的星光、過於接近的蒼老太陽。

染著紫色光暈的氣狀星雲正發著光，照亮夜空。

我醒了過來。
始終看不清楚那女孩的模樣。
在夢中，她的每絲呼吸都是那樣深刻，身分卻依舊是個謎。
而這疑問我也無法將它帶進夢中。
我站起身走向書桌，拿出了手機。
用按鍵喚起郵件功能，開始記錄起夢的內容。
把自己所記得的一切，全都打上去後，我按下刪除。
「您確定要刪除嗎？」
手機跟我做了確認。
一瞬間，像是在祈禱。
在操作上，我刪除了郵件，但對我來說，這動作就像是把信寄出去了。
「把這封無處投遞的信給寄出去了。」
我期待能藉由一個超自然的迴路，找到那個收件人……
「遠野同學的練習結束了嗎？」
我在機車停放處遇到了她。

社團活動結束，我一個人留下多拉了幾次弓，正準備回家。
「嗯，澄田同學也是嗎？」
「剛搭姊姊的便車從海邊回來。」
「妳好努力喔……」
她今天一定又在海中央，奮力地划開前方的浪，我懷抱著欽羨的心情對她說。
「嗯……還好啦……」
她害羞地笑著。
「要不要一起回去？」我問。
「嗯。」
我們騎著機車，用緩慢的速度，並排穿過校門離開學校。
沿著住宅街道經過消防局，盡頭連接國道，在那個路口轉彎，繼續接往南種子町方面的道路。
直到等紅綠燈時，我們互相使了使眼色，騎到一旁的小路，停在Eye Shop的前面。
不知道從什麼時候開始，只要一起回家就會在這間店逗留，買個東西，坐在一旁聊天，已經成了習慣。
澄田每次都在飲料區前，用手在玻璃門上指啊指的，認真考慮自己今天要買什麼。

我看著她單薄的肩膀，小小的身體，纖細的脖子，確實令人有些在意。

那樣毫無防備的姿態，好像喚起了我內心的某種情緒。

我是不願意花時間在飲料的選擇上，而且對我來說喝什麼都一樣，所以我每次都是拿紙盒裝的DAIRY咖啡，它是南日本酪農協會出產的地方產品。

「又是這個！」

「澄田同學今天也很認真煩惱啊！」

「嗯，這對我來說可是很重要的。」

「我先出去囉！」

我在收銀機前結完帳，走出店外。

如此的小事，她一定也解讀為自己不果斷的證明。

不過我覺得，我們的差別是在於用心程度。

她是那樣努力地選擇，努力地想選出一樣自己認為重要的東西，在我看來她真的很好。

可悲的自己，竟覺得有些忌妒。

我坐在店門口的長椅上，正要將吸管插進紙盒時，她坐到了我旁邊。

用十分靠近的距離感覺她。

手腕還感受得到襯衫粗糙的質感，同時感受到的體溫也令人懷念。

就要融化了啊。

突然的一個念頭，夢中的少女，會不會就是澄田花苗呢？

如果真的是這樣……那該有多好。

我會不會一直留在這裡呢？

這對我來說又有意義嗎？

好幾次都想對她說。

心中的困惑，我急切地希望有人能夠理解。

但到真要說出口時，我卻怎樣都無法完整的表達。

好像有一堵薄牆阻隔了我的表現，令人錯愕。

只剩下無以名狀的思念在身邊胡亂反射，自己就像被世界拒絕於一線之下。

澄田美穗，也就是澄田姊姊，我依舊不知道該如何和她相處。

雖然已經刻意和她保持了距離，但不巧的，在那之後我們又有了一次單獨談話的機會。

那是針對三年級生的生涯規劃面談，當天因為班導師有急事不能出席，澄田姊為面談老師的代表。

「我希望能夠就讀東京的大學。」

我漠然地說出自己的志願。

「沒有指定任何學校，只要是在東京都內的學校就好嗎？」

她轉著手中的筆，用質疑的口氣問。

「也就是說，不是以大學或是科系為目的，你所注重的是地區？」

「若是沒有先決定好前進的方位，好像就看不到自己的未來。」

我回答。

由於我在成績方面幾乎沒有問題，甚至可以考進都內不錯的大學，所以簡單帶過升學主題後，我們開始一般的談話。

「無論如何我都想要移動，就算是去北海道也可以。」

不知道是不是被平時澄田姊的直率給影響，自己竟然說出這樣的話。

「我好像對於移動這件事，有著主動而強烈的需求。」

「原來如此……不過你有想過為什麼嗎？」

「我也不太清楚，不過在這個島上的一切好像已經告了一個段落，差不多可以進到另一個階段，開發另一個地方……」

「關於這點，我可以直說嗎？」

澄田姊將手中轉動的筆放下。

「像除雪機關車一樣的模式，是不可能長久的。」

「除雪機關車？」我反問。鏟雪車？

「對啊，你一定有看過。專門用來清除鐵道上的積雪，用柴油引擎驅動，前面的除雪板是黃色的那種。你沒有在電視上看過嗎？」

「啊，好像有印象。」

「其實我在幫學生做升學面談的時候，都會將那個孩子，跟自己身邊的人物做連結。看到你的時候，就想到我大學時期的一個前輩。雖然她是一個女生。而她後來一聲不響地休學跑去了加拿大。」

「加拿大。」

「然後，她前年在雪山中遇難，過世了。」

「什麼？」

我不是個會把情緒寫在臉上的人，但那瞬間我忍不住露出了厭惡的表情。

「所以妳現在跟我講這些是什麼意思？」

「直到最近我才突然理解，不需要人操心的孩子有兩種。」

她半刻意地忽略了我的問題。

「一種就是像花苗那樣，就算不去管她也不會有什麼大問題，是真正的不用人費心。但是，你不一樣，可能某一天發現時，你已經墜崖身亡了也說不定，挺令人擔心的！」

「我不會從山崖邊掉下去的，我也不是那種人。」

「不可以一邊走路一邊抬頭看星星喔！」

她一臉嚴肅地直視著我的眼睛說。

「會死掉喔！」

## 5

夢再度進行。

少女和我一步一步走上山丘。
在星光照耀下的山丘，綠得十分溫柔。
我想那是我最喜歡的顏色。
增減一分都不行，這是最完美的比例。
不需觸摸就能感受到的體溫。
最愛的空間內，只有我和她。
毫無疑問的。
這就是完美。
完美意念濃縮下的具體形狀。
在夢中。
在我的手中。

我的期盼在這裡找到了歸屬。
想在這裡，想待在這裡。
想把所有的景色占為己有。
我是完全被接受的。
少女還有世界展開了他們的雙臂。
在夢中，這一切都是確實存在而成立。
不過，正在長大的我還是知道，夢跟現實殘酷的差距。
即使如此，我仍然不願妥協。
我是不可能把黑暗中的那雙手給推開的。

秋蟬的叫聲宣告了夏天的結束，我在回家的路上和澄田一同騎著機車。
和她相處的時間，漸漸多了。
天氣在不久之前還熱到令人發昏，現在竟然感覺得到涼涼的風迎面吹來。
我很少會去注意後照鏡。
不用看也能感覺澄田就在身後。
所以我總是看著前方前進。
想要更堅強的，更快速地向前進。

身體裡存在著那樣的象限，驅使我加速離去。

在 Eye Shop，一如往常的，她還在為今天要喝的飲料而煩惱，我則是直接買好了咖啡走出去。

半靠坐在機車的坐墊上，我拿出了手機，繼續完成夢的記錄。

無法傳遞出去的信。

澄田從商店走了出來，看著我然後遲疑了一下。

我看得出來，她應該是想問我有關電子郵件的事吧？不知怎麼卻又把話吞了回去。

一瞬間我對她產生了期待。

有關於她的。

不過……它迅速地被消滅了。

啪的一聲我蓋上手機。

在昏暗的夜色中騎車移動著，我送她回家。

到達家門口後停下機車，那隻小柴犬就會從金色的水盆裡跳起來，決定好甩尾的路線衝向澄田。

「卡布我回來啦——卡布卡布——」

她蹲下興奮搓揉著小狗的脖子，這時候的她臉上神情迷人，看起來真的好可愛。

小狗卡布用著快速的腳步變換，從各個角度撲向她，開心嬉鬧著。

名字叫卡布很好聽。

不過仔細想想，狗是用四輪驅動的，而卡布（註1）是兩輪，這樣說來好像有些不合邏輯。

看著她開心撫摸小狗的背影，我的記憶體受到了刺激。

與那個夢有關嗎？但在畫面比對之下並不符合。

而似曾相識的感覺，強烈而具體，幾乎像是真實發生過的記憶片段。

濃霧很快地阻隔了那段記憶，讓我無法再去回溯追尋。

最後留下的，是一種令人懷念又眩然欲泣的悸動。

我曾經認真地考慮過，要去說服澄田，然後和她發生關係。

很想知道會有怎樣的改變，也真心期待能夠透過那樣的行為找到更加重要的部分。

這是我單純而自私的想法。

---

註1　與英文的野狼機車Cub同音。

關於這念頭後來為什麼沒有付諸實行，在各方面都有太多問題尚待解決。但那些困難也不是完全沒有辦法克服，而放棄那個念頭的主要原因，其實是因為自己。

我不可以做這樣的事情。

雖然跟戀愛情結有些不同，澄田花苗對我是很重要的存在。

我不願讓她受到傷害，也想好好珍惜她。

還有一點。

因為恐懼。

若是在她身上也找不到那樣事物，我又該怎麼辦。

「絕對不能輕易去嘗試。」

這結論也帶來很大的震撼。

彷彿是在宣告，這世界上沒有什麼是完全屬於我的。

不過在澄田花苗身上的某樣東西，確實強烈地刺激著我。那到底是什麼？我在之後的幾年都還是想不透。

真正搞清楚它的真面目，也已經是好久好久以後的事了。

若是硬要用文字來敘述的話，「懷念」所代表的情感是最接近的。

假如，我本來就生長在這個島上，也從來都沒有做過那樣奇妙的夢……

我一定能夠用最純粹的心意，去喜歡像澄田花苗這樣的女孩。

說不定，我可以和大家一樣用力煩惱，又哭又笑地度過自己的青春期。

而不是像這樣，妒忌著別的世界的另外一個自己，還帶著如同遠距離戀愛般的鄉愁。

## 4

夢中的山丘持續，就要登上山頂，我卻醒了過來。

早上，到學校練習射箭。

那天成績特別差。

射不中代表著姿勢的不正確。

「但是遠野同學射箭的姿勢很漂亮。」

同樣結束晨間練習從海邊回來的澄田，如此對我說。

我想，她就是喜歡我的這些錯誤吧！

打開窗戶也只有熱風灌進來的季節過去，現在肌膚的知覺舒適得令人嘴角上揚。

我愉快地看著教室裡薄薄的窗帘舞動。

午後的斜陽把窗戶影子拖得好長好長，擺動的窗帘將室外的光線給拉了進來。

課程幾乎都結束了，我們高三生每天都在學校自習，準備升學考試。

聽不到同學的吵鬧聲，很舒服。

風吹進窗口帶來了自由的氣息。

我蹺掉了社團活動。

在停車場，踢開機車腳架的瞬間，應該是我最接近自由的時刻。

用一定的速度壓車通過側門的時候也是，自由就掌握在自己手中。

一如往常的走進同一家商店，買了同一種紙盒裝的咖啡。回家時，我卻選擇了平常不一樣的路線。

島的中央，是經海板塊擠壓出的山脈，而道路就朝著山的方向。

不要說是中線了，連邊線都沒有畫上的公路，我在黑壓壓的柏油路上，用最低的檔速前進。

坡道就要登上頂端了。

只要轉個彎，沿著峰緣向南騎就是下坡。

這裡的道路，地勢都比較高，無論從東邊還是西邊都可以看到遠處的海。以兜風的路線來說，風景美好，就算登在觀光簡介上也不為過。

途中經過搥球場還有展望臺，再向前騎一會兒，我停了下來。

我突然想好好看看這裡的景色。

道路的右邊是廣大的農田，種的是種子島芋。葉子的顏色很深，還有象徵性的形狀，一眼就看得出來。

我喜歡種子島芋，排列整齊的葉子，看起來很清爽。

騎車進入田與田間的小道，盡頭就是堤防。

在這個島上，像這樣人工打造的堤防是很常見的。

目的是為了防風。在前面堆起土牆，後頭就可以做田地使用。

我在這裡下車。

沿著斜面走上了堤防。

深吸了一口氣。

啊……

這裡的氛圍和夢中的場景好像啊！

我繼續前進，好像有什麼東西就在前方等待著我一樣。

忽然，地面上的死角消失。

三百六十度的景色映入眼簾。

眼前整個種子島東側平原一望無際。

右手邊，是中種子町，一片灰然的南種子町座落於左手邊。

而中央夾雜著深深淺淺的綠色。

離我最近的，是一面黃綠色的甘蔗園。

近距離看到的甘蔗，顏色是那樣深沉，沒想到在遠方眺望的時候，竟然展開成淡而柔和的景象。

再遠一點，較低而廣的，是暗綠色的森林地帶。

構圖不是一整片，而呈現格子狀，黑壓壓一片鑲嵌進眼前的景色。

淺色的田，還有暗色的樹林，複雜的交織，就像是一幅抽象畫。

平面和立體的對比，讓畫面更加生動精彩，風格相當獨特。

綠色的一角給人尖銳的印象，那是種滿竹子的防風林，它巧妙地突顯出森林神祕黑暗的色彩。

另一處的防風林也正隨著風勢擺盪。

將視線放得更遠，平地的邊緣，出現了薄薄的水面，也就是海。

海的上方，天空遼闊。

難以置信的寬廣，全日本再也找不到第二個地方了吧！

鐵塔朝著一定的方向整齊排列著。

接著從左方看去，遠處架設的機具令人眼睛為之一亮。

那是具有三片扇葉的純白色風車。

所有景致之中只有它處於動態，穩定而清楚的運作。

由底部到尖端逐漸變細的圓柱狀基座，垂直佇立於森林之上，三片銳利的扇葉從尖端，分別朝十二點鐘、四點鐘還有八點鐘的方向展開。

白色扇葉緩緩地轉動，看來現在的風勢穩定得宜。

照理說，是風造就了扇葉的旋轉，但看著看著卻產生了錯覺，好像是風車裡面裝了馬達，在扇葉的推進下才形成了風一樣。

不知為什麼那風車在今天看起來格外特別。

它是太陽之鄉運動公園裡的設施，屬於紀念碑一般象徵性的標誌。

我也曾經站在那風車的基座前，仰頭注視過它。

不過，像這樣從高處遠眺，白色的風車，看起來有些寂寞，但是充滿著力量，將所有目光都吸引了過去。

我在堤防坐下，靜靜看著風車轉動。

風捲起，雜草如浪。

這一切是那樣的舒適，我忍不住閉上眼，身體向後傾斜躺了下來。

此時意識到在褲子後方口袋裡的手機，我把它拿到手上。

接著，習慣性地開啟郵件編輯。

今天做的夢還沒有打上去呢！

我坐起身，認真地開始記錄著。

這樣沒有意義的信件，不知道已經寫了多少封。

而每次都還是會因為詞不達意的部分感到焦躁。
為什麼就是沒有辦法完整呈現出夢中的畫面。
話雖如此，我卻無法停止紀錄，完成後，我也不得不將它刪除。
為了一個自己都解釋不清楚的理由。
天色暗了下來，我持續打著字。
手機螢幕的光線相對強烈。
我聽到遠處道路上傳來機車的引擎聲，還以為是那個農家的人經過。
不久後，有腳步聲慢慢接近。
然後，有人叫了我的名字。
「遠野同學——」
那個聲音，竟然是出自澄田。我嚇了一大跳。
「澄田？怎麼會？這裡這麼遠。」
「看到你的車停在那裡，我就走進來了。不好嗎？」
「原來是這樣。不會不好啊！我很高興，因為今天在停車場沒遇到妳。」
「我也是。」
澄田小跑步過來，毫不猶豫地坐在我的左手邊，將側背包墊在地上。
因見到她而高興的情緒是發自真心的。

似曾相識的狀況，使我坦率了起來。

我把手機給關上，一面注視著遠方已經點起燈飾的風車，另一面則在意著左側的她。

「遠野同學在這裡做了什麼啊？」

「我在看風車。在這裡看得很清楚。」

「那個有什麼功用嗎？」

「什麼？妳不知道嗎？」

「嗯。」

「是用來發電的喔！風力發電。」

「發電啊！那樣就會有電喔？」

「對啊。」

「可是它用那麼慢的速度轉動，就能發電啊？不是應該要更快速才行嗎？」

「內部有齒輪會增加轉速，就和腳踏車的原理一樣。能夠使厚重的扇葉轉動是需要相當的風壓。風力發電主要靠的不是風速，而是利用風帶來的重力。」

「喔……」

「看似輕易地轉動，其實是要花很大的一番工夫。」

「那可以製造出多少的電量呢？」

「之前有查過數據耶，不過我忘記了。但我有聽人家說過，它足以負荷整個運動公園的用電。」

「是喔！所以那個公園都不需要付電費囉？」

「應該是吧，但也不太可能完全都不用錢。」

「好厲害喔！那為什麼風力發電沒有更普及化呢？」

「因為不敷成本，維持需要費用，而建設費更不用說，若考慮到使用年限的部分，投資下去的金額可能很難回收得了……」

「是喔，這樣說來不是完全沒有意義了嗎！」

「不會沒有意義啊。」

「怎麼說呢？」

我沉默了，因為自己也想不到它有意義的點是哪些。

「因為很漂亮。」我回答。

像這樣，承受著風的力量持續佇立旋轉，對我來說很美。

我想這是最接近解答的回應。

澄田不能理解的心情，從她的動作能看得出來。

「你會去考試對不對？」

夜色漸濃，厚厚的雲逐漸覆蓋著被夕陽染紅的天空。

「嗯，我有報考東京的大學。」
「果然沒錯……我想也是。」
「為什麼？」我只是單純的想問問看。
「你看起來就想去遠方的樣子。我也不知道為什麼。」
我試圖掩飾在內心產生的些微動搖。
「……那妳呢？」
「嗯……」這聲音從她喉嚨深處傳了出來。「我連自己明天會怎樣都不知道。」
「我想，每個人都是這樣吧！」
遠處的雲層閃過一絲亮光。
「真的嗎!?遠野同學也是嗎？」
「當然。」
她認真地從一旁看著我的臉。
天色雖然已經暗得看不清楚她的表情，但她的驚訝全寫在臉上。
「你看起來完全不會迷惘……」
「怎麼可能，我一直都很困惑啊。」
風吹過，風車轉動。
我朝著風車的方向低語。

「我只是盡量做好自己能做的事，其實一點餘力都沒有。」

「原來……是這樣啊……」

她用著放心的口氣說道。

接著從側邊的書包裡拿出一張白紙，似乎是張影印品。

澄田開始隨手折了起來，看起來相當開心。

「……是紙飛機嗎？」

「嗯。」

心情很好的她，將紙張放在大腿上仔細地壓出折痕。

她的指甲乾淨而漂亮。手勢正確的運作著，將白紙化為一個立體的三角形。接著，她將機翼往水平方向拉好後，帶著愉悅的心情，極具氣勢地將飛機射了出去，隨風而飛。

那是出乎我想像中的飛行。

飛得又遠又久。

如同得到釋放一般。

紙飛機沿著山丘的斜面向下滑去，到達某個地方後，又再度攀升，朝著下方縮小的城市飛去。

最後，高度拉得更高，消失於滿天閃耀的星群中。

不，升上星空的那部分，只是由心願衍生而出的幻影罷了。
我將自身的意識寄托於紙飛機的飛翔，冀望它能帶上我飛向遠方。

3

回程，我看到宇宙中心的大型聯結車，在漆黑的道路上緩緩前進。

天氣似乎有下雨的徵兆，因此從堤防離開後，我如同往常般，先送澄田回家。

我們從狹小的產業道路接上兩線道的國道，在合流前不久處似乎看到了紅色的燈號在旋轉。

當然，我以為是救護車。

在橫跨國道時，穿著警示外套，手中拿著紅色警示燈的人站在中間擋住了去路，我們只好慢慢將機車停下，恰到好處地減速停在紅綠燈前。

警衛放下停止標示後，指示我們暫時在此停留，不要移動。

依照他的指揮，我們在停止線前橫向將機車並排停好。

當時的我還沒有發現，那個不常聽見，十分低沉的聲響其實一直存在著。

直到視野的右邊出現了一個巨大的物體。

瞬間，我脖子後方所有的神經都繃了起來。

眼前光景完全缺乏現實感，腦中頓時一片空白。

那臺聯結卡車異常巨大，絕對超過交通法規的規範。單線道不用說，就算是占用兩個車道，都還稍嫌狹窄。而高度也相當驚人，就這樣行駛過去絕對會撞到紅綠燈，電線也會被勾斷。在我看到車體兩側NASDA的標誌時，雖是第一次，但我馬上知道了這巨型車體的真面目。

標誌通過後，接在後頭的，是象牙色的龐然巨箱。長方體的貨櫃，在比例上，車頭因此看來小了些。

就在我們眼前五六公尺處，如此巨大的車輛正運行著。看起來根本是一道牆。而突然間，金屬的帷幕遮蔽了我的視線。

沒錯！我終於搞清楚了。

這臺就是三菱重工業製H2A火箭專用搬運卡車啊！

我有在宇宙中心看過圖片，但我實在不知道它原來是這樣的尺寸。

腦中浮現了幾件事情。

宇宙開發事業團H2A是在愛知縣的船塢製造，然後再運送至島上的島間港。島間港在種子島的南側，到宇宙中心只需經過一條縣道。

而這條路線，為了火箭的搬運，刻意的不架設任何電線，信號燈示皆為可移動式，只要有火箭聯結車經過，就會將燈關閉，移到路旁放置。

因此在車子經過時，是需要交通管制的。

種子島南邊做為火箭運送的必經之路，特別設立了許多應變措施。

車體上方裝置的黃色警示燈忽明忽滅，將四周的黑暗，染上了異樣的氛圍。

低重噪音支配了整個空間，而聯結器所發出的金屬碰撞聲也不甘示弱地和低音合奏。

聯結車本身以及四周環境，皆遭到強力光源圍繞，道路的狀態以及通行狀況也受到數十人的警衛嚴密監控著。

遠處的海面閃過閃電，但與眼前的畫面相比，根本不足為奇，完全不需理會。

巨型貨櫃以緩慢，極度緩慢的速度，橫跨道路。

那是只要警衛小跑步起來，就能夠追上的速度。

一切都是為了讓火箭不要受到一絲絲的碰撞。我想，就連固有震盪都有計算吧！護送漢尼拔·萊克特的時候，防護也沒如此周延吧。

在升空以前，火箭絕不能有任何損壞，那樣堅定的意識，化為眼前巨大的質量，肅然移動著。

「現在是……？」

我回過頭看著澄田。

「據說時速是五公里。」她側著臉對我說，眼神直盯著卡車看。

光線打在我的腳邊，一絲寒氣逼進。
「到南種子發射場前，會以每小時五公里的速率前進。」
「喔……」
我假裝若無其事的樣子，點了點頭。
事實上，我怎麼可能不為所動呢！自己的心臟正受到難以言狀的衝擊。逐漸擴散……震盪蔓延全身。
帶來的悸動之大，連自己都感到不可思議。
混亂之中，有幾個感受從遙遠的記憶中甦醒。
我好像與曾經的那個人，共同分享著那個最重要的東西。
因此，我們才得以互相守護並且面對這個無盡的世界。
突然，如同發作似地想要放聲大哭。
我硬是吞下那份悲愴。
因為自己比任何人都清楚，若是讓眼淚失守，心中就有一部分將會崩壞。
「停了好一陣子，今年終於又要發射了。」澄田說。
裝著火箭的貨櫃從我們眼前通過，像是舞臺燈光一樣照亮四周的光線也瞬間減弱。
呆站在那裡，即使禁止通行的崗位撤除了，我們還是沒有離開。
目送著光的行進，在黑暗中緩緩離去。

「啊啊，應該會像這樣一直走到太陽系的深處吧。」

一面感受到自己體內肆虐的暴風，一面和穩地說道。

雨滴啪嗒一聲，打在安全帽的遮罩上。

「……就算要花上好幾年。」

我靜靜看著貨櫃箱的背影。

揮動紅色的警示燈，警衛人員在一旁徒步跟隨。還有負責照亮聯結車體的警示車輛，它們都變得越來越渺小。

光之要塞就這樣消失在闇黑的空間裡。

那一夜，夢境再度上演。

跨越山丘後，緊鄰的是一大片海。

白沙灘，隨著海灣的形狀展現迷人的弧度，少女和我在沙灘上，聆聽著海潮的聲音。

浪花拍打在腳邊，泡沫又倏地消失。

我們看著這一切，在月光的照映下，海，閃耀著金屬般的光澤。

顏色蒼茫，全都是由於夜空的折射。

像霧玻璃般的星星盤踞天頂。
盤狀星雲黯然散發微弱光線。
所有一切都映照在水面上，儼然變成了一片星原。
在起伏不定的海上浮出星空，照理說，是不可能看到的光景。
但在這個地方，萬物皆可成立。
啊，我發現。這裡不就是那火箭最後送達的場所嗎？
它，是要送往宇宙深處進行探查工作。
以火箭視角所看見的風景。
青銀色的海。
圓滑擺盪的水平線上反射的光線。
還有沿線展開的雲彩。
低空呈現青綠色。
高處是靛紫。
圈狀雲。
還有，耗費無數光年時間，才抵達這裡的存在，那絕對是超乎想像般的孤寂旅程。
看不見盡頭的深淵，那環境連一個水分子都難以相遇。
就這樣純粹地去往前邁進。

深信遠方的那個可能，為了接近世界奧祕而產生出信念。
我意識到了這個奇蹟。
我就在這裡。
意識著時間流動。
意識著少女的秀髮。
擺盪的裙襬。
還有身上柔軟的羊毛衫，摩擦出來的聲音。
盤狀星雲像是斗笠，覆蓋在這片淡綠色夜空之下。
風吹拂著。
我看著她的側臉，舒適神情在風兒輕吻下而展現。
妳是誰？

懷抱接近世界奧祕的信念，我到底要去哪裡才好？
我又能走到哪裡呢？

## 2

秋天來了。

略為稍瘦的我，一心只想不斷向前進。

那天，我感覺到了什麼。

是一種預感，好像會有大事件發生。

應該要樂觀地迎接嗎？

我不知道。

但是我真感覺到了。

而且，預感就這樣成真。

這並不是突然籠罩的情緒波動，而是一種意識外的觀察，或許較為接近無法分辨的誤差，總之，今天就是跟平常不太一樣。

所有情報進入體內的黑盒子後，它對我發出了警告訊息。

那一整天神經都僵持而緊繃。

情緒與面臨大考的感覺相似，也有可能是因為無聊老師教授的課程所致。今天貼在教室內，「生涯實踐」的標語也顯得相當礙眼。

超出自己想像的焦慮，我就像弓弦拉到極限般緊繃。

因此，在放學後停車場內遇到澄田時，我確實鬆了一大口氣。

我想她是刻意在這裡等我的。

來到這裡的路上，我看到澄田似乎躲在陰暗處一角，窺探著我。

「澄田？」我叫了她。

她因為驚慌而手足無措了起來。

「現在才要回家？」我問

「嗯。」

「這樣啊。」我用表情向她示好。

「那我們一起回去吧！」

傍晚的商店，金色夕陽橫向射進店內，凝聚了一股懷舊氣息。

播放中的背景音樂，也帶有似曾相識的熟悉感。

澄田依舊杵在飲料區前面。但是，似乎與以往有些不同。

一副想要抓住什麼似的，而且不停用反射的玻璃注意著我的表情。

我打開門，取出紙盒裝的ＤＡＩＲＹ咖啡。

平常都要花很多時間選擇的她，今天卻異常快速地拿好了飲料。
「喔！已經選好啦？」我問。
「嗯。」
此時我已經知道，等會兒將有事情要發生。
我和她在櫃檯結完帳後，走出商店。
由於建築物的遮蔽，長椅位置照射不到陽光，特別暗沉。
我感覺到身後的她不尋常的呼吸頻率。
物理性的抵抗使我停下腳步。
她抓住了我的袖子。那瞬間，我的心涼了。
體內有如萬蟲鑽動般翻攪。
是一種排斥心態。
我知道她接下來要說什麼了。
就連口氣跟臺詞都想像得到。
「想像得到」這件事，也讓我有些不悅。
不可以。
絕對不可以。
只要開了口，無疑地我對妳的好感就會死去。

所以……
我靜靜地回過頭。
懷抱著平靜卻嚴肅的心情。
「啊……」
將左手擺在胸前的澄田花苗疑惑地發出了聲音。
「妳怎麼了？」
她明顯地往後退了一步。
然後低下頭不說話。
沒錯。
這樣就對了。
我希望她不要有任何動作。
硬是去定義什麼，本質會開始劣化。
至少我完全沒有期望這些。
拜託！不要讓我所珍惜的一切消失。
而自己真正追求的東西，絕對不能夠用言語去表現。
聽到蟲的叫聲。
以落日來說，光線還是很強的南國夕陽，將混凝土染成橘色。

澄田用極小的音量說了些話。
「什麼？」我溫柔的詢問她。
「啊……沒事。」她奮力地搖著頭。
「對不起……真的沒有什麼……」

但是，我發現心中的一小部分，還是默默地死去了。

準備回家的時候，我發現澄田的機車好像有點問題。
戴著安全帽的她不停踩著油門，但引擎仍然沒有反應。
我將自己的機車打到空擋，牽到她的旁邊。
「狀態不好嗎？」
「嗯……怎麼會這樣啊。」
我蹲下來幫她檢查引擎。自從幾年前沒油的事件之後，我已經懂得一些修車常識還有基本的故障判斷。
這樣講好像是在自打嘴巴，但在修車的時候，我發現澄田花苗在我心中的地位比想像中還要重要。

「不行嗎？」她用很可愛的聲音說道。

她指的是機車狀況。

而在我內心裡的某處，還是希望她就是夢境中的那個少女。

「大概是火星塞壽終正寢了吧！這是家裡留下來的？」

「是的，姊姊給我的。」

「加速時有沒有頓頓的？」

「好像有吧……」

我盡可能用溫柔的口氣跟她說話。

這種作法，背後其實還有別的意義。

我從一開始就知道她不是那個少女，但我還是不願意放棄那個可能性。它對我來說是重要的。

「今天就把車停在這裡吧！記得叫家人來牽回去。我們走路回去吧！」我把我的機車停好，真心地替她著想。

架好腳架，我跨下機車。這應該是從出生以來，第一次對別人如此溫柔。

「啊！我一個人走就可以了！遠野同學你先回去吧！」

她急急忙忙揮著胸前的手，雙頰泛紅，好像很困擾的樣子。

「到這裡離家就很近了，而且……」

我多麼希望夢中的她，是真實的存在於這個世界上。

而這個設定也拯救了我。內心的一小部分，的確是想留在這裡。

「而且我也想走路回去。」

但是，我做不到。

# 1

我和她走在四周只有田野的小道上。
視野很好，就只有我們兩個人。
沒有車子經過，連一臺機車也沒有。
在夕陽照射下，踩著柏油路，朝家的方向默默地走著。
平緩的道路，令我渾然不知自己已經走過了彎道，來到面向海的那一頭。遠方的海面閃爍著金色的光芒。較矮的木製電線桿，不知走過了幾根。
澄田走在我的背後，我只能用感受來確認她的存在。
後夏季的蟬鳴，讓整個空間充滿著金屬聲響。
抬頭看著天空，我繼續走著。
深茜色的高空點綴著薄薄的雲花，逐漸擴散。
底層的天色，仍是透著白光。
專心一致地向前走去，在日和夜的交會處，以無形的鎖鏈牽引著她。
袖子受到拉扯的殘餘感，還冰冷地留在手腕上。

我將自己放身於夢中。
好想要去某個地方。
即使自己是那樣深愛著這個美麗的島嶼。
從國中到高中，度過了四年半的時光。
島上的溫度、空氣還有土的氣味。一切的一切都在自己體內紮了根。
我仍然要離去。
只為了或許根本不存在於這個世界上的風景，我必須移動。
結論已經出來了，執行是我唯一的選擇，心裡也明白的很。
想要目睹奇蹟的降臨，就得儘可能地伸長自己的雙手。
像是在鑄造，無意間，金屬灌入身體裡慢慢成型。
那如同鑄模一樣的機器就是我。
風，迎面吹來。
風聲劃過我的耳垂。
不知道從什麼時候開始，蟬鳴和澄田的腳步聲逐漸從耳邊淡出。
全都聽不見了。
回過頭去，我發現澄田站立著，離我有段距離。
仔細一看，她正在哭泣。

低著頭，用手抹去從眼裡溢出的淚水，
「……澄田，妳怎麼了？」
最單純的關心。
「對不起……我沒事，對不起……」
她沒來由的不停說著對不起，而我卻怎樣都找不到一句安慰的話語。
我走向澄田，想要伸手摟住她的肩膀——
手卻放下了。
為什麼要哭呢？
我不應該觸碰那個原因，一部分的自己正發出警告。
不能太過深入。
理由是一樣的吧！無論我還是她。
而她正代替著我流淚。
我們都有自己所渴望的東西。
伸出手，奮力地想抓住什麼，無奈期望落空，接下來就只能等待奇蹟。
事到如今，我更沒有流淚的資格。
所以，她在為我哭泣。為了我，為了我們，落下兩人份的淚水。
她將會是我在這個島上遺落的半個靈魂……

自臉頰內側施加壓力，試圖想要止住嗚咽，卻引來另一波傾瀉的眼淚。我能瞭解，她一定也清楚的很，不得不這麼做啊！

儘管胸口抽搐，淚流滿面，但還是想要停止哭泣，為何身體就是不聽話呢！

好像看到自己的淚水一般，我在遠處守護著她。

眺望她身後的一片紫色天空，太陽就要落下了。

就在那個時候。

# 0

蟬鳴戛然即止。
空氣中充斥的一種異樣的氛圍。
好像地球瞬間倒轉了一樣，變化相當強烈。
澄田抬起頭，越過我看著天空，眼睛睜得好大好大。
我轉過身。

——一道光劃過天際。

宇宙中心的方向，從遠處的地平線升起了另一個小太陽。
眩出的光暈擴張，煙霧拖著長長的尾巴，沿地面扶搖直上，捲過山麓。
此時爆音才剛抵達。
猛烈地引發空氣的共振，介體持續感染，我的肺部都感到強力的震撼。
濃煙繼續延伸，危險的光束衝向天頂。

一幢白柱佇立。
看不到火的燃燒，在眼中停留的只有光線。
人為的橘色光點，戲劇性的圍繞在煙柱的四周震動，向上攀升。
刻意而強硬的驅動力，推動著它。
飛行，用這樣的詞彙並不適合。
不如想像中輕盈，而是更具破壞性。
以零點一寸秒的速率，由下而上累積質量，將金屬送向天際深處。
地心引力不顧一切的拉扯，它奮力地與地球重力對抗。
時時刻刻地推進，無形的手還是一股腦地向下拖。
我看到的，是承受強烈負荷的物體遭到暴力推進的現象。
是自然與人類凶惡的抗戰。
白柱劃破天際，帶著光芒上升。
光芒刺穿雲端，煙霧直線留下。
雲朵在燃燒。
畫出了拱門的形狀，噪音粒子重組改變了音調，SSB早已燃燒殆盡，SRB—A推進器正要被拋下。
煙霧燒熱了大氣，擠壓推向另一個空間。

音頻在空氣中環繞，敲擊另一層的空氣。

煙尾面向海岸。

面向風車。

橘色的光霧，背對大地攀升。

帶來驚人震動的人工體飛向無盡的黑暗。

脫離了名為地球的小島。

那個充滿暴力的物體。

一瞬間——我以為發射就要失敗，隨時就要爆炸，心也慌了起來。

在騷動之中，我聽到了一個微弱的聲音，「快失敗吧！」，原來自己心裡是這樣期待著。

我動搖了……

掉下來吧！

那感覺就像教室牆上的塗鴉，存在感潛意識地在心中逐漸膨脹。

但是看著光線刺穿雲層的光景，希望它落下的期待蒸發，消失地無影無蹤。

光源離開了地球大氣，什麼也看不到了。

柱狀煙霧留下的殘影，一直線的跨過天與地。

風漸漸抹散那形狀，開始歪斜變形。

最初發射時留下濃霧早已散去，像是卷積雲一樣，盤踞地面。
微風徐來，輕撫我們的四周。
雜草擺動。
沉默。
餘韻。
兩個人不發一語，仰頭看著天空。
同時嘆了口氣，遠處海浪的聲音終於回到了我們的耳邊。
火箭發射下的白煙，像一條巨大的蟒蛇，一會兒膨脹一會兒扭曲，仍舊持續向上盤旋。
小鳥啾啾的叫聲，將我們喚回現實。
遭到偷襲的落日。
已慢慢淡去的煙霧。
澄田和我持續眺望那條煙柱，就快要看不見了。
希望火箭墜落——在這樣負面的動機完全消失後，我發覺自己心底迴響的那些雜音，也都一併清除了。
此時此刻，我對種子島最後的一絲眷戀，所有一切都跟著上升的火箭，離開了大氣層。

混沌得到了焦距，清晰而銳利。

前後的差距使我認清事實，深刻察覺到自己的變化。

我，必須要繼續前進，這就是我的宿命。

那才是真正的我，

所以，絕對不可以被綁在這個地方。

1

那天晚上，我做了個夢。

在山丘上眺望奇幻星海的黎明，星雲輕浮在柔和的綠色天空中，異世界的風在漩渦狀的天幕上恣意揮毫。

少女抱膝，坐在草地上，風吹了過來，同時，一道閃光爬過水平線。

火箭帶來的橘色光芒於海跟天空的交界處升起……

不對，那是我的錯覺，向上攀升的，是金色的太陽，被柔軟情緒給包覆的晨光……靜靜凝聚美麗的太陽，就算直視它的光束，也不會灼傷眼睛。

野花搖曳，迫不及待地想沐浴於陽光下，她站了起來，長長的頭髮飄逸。

日光籠罩整片大地，趕走夜晚的陰影，就像是潮浪的運行。

我們從腳邊開始感受到溫暖，陽光灑在少女身上，然後，她朝我的方向轉了過來。

一直都處在陰影下，未曾見過的臉龐，在充足的光線中，將臉轉向了我。終於，那真面目映入眼簾，頓時間，我陷入了混亂。

「妳是誰……」

陌生的面容，我不知道她是誰。
我伸出手想要抓住她。

# 2

我醒了過來。這才發現現實中的自己，同樣朝著空中舉起了手。什麼都沒有。

——「妳是誰？」

我的低語，經過天花板反彈碎裂，所有顆粒都被空氣給溶解。

# 第三話　秒速5公分

# 20

「什麼?你再說一次!」

篠原明里聽到令她意外的消息，激動地轉過頭來。

平常總是慢條斯理的，看她突然像這樣靈敏地做出動作，實在有些稀奇。

那時候她正在系上的研究室內聽著組員的報告。

明里現在是大學三年級，在都心數一數二的私立大學就讀日本文學科系。今年滿二十一歲了。

文學系從三年級開始，分組討論還有講座等課業吃重，每天都忙於文獻查找還有發表資料的準備，所以，像應付考試那種臨時抱佛腳的模式，已經不受用了。

發表的品質，完全建立在投入心力和時間的多寡。

能夠更深入瞭解那些自己喜歡的作品又加上真的不想在人群面前出醜，明里每天都很努力地準備課業。

季節是冬天。

鋪在研究室內的塑膠地板滲出陣陣寒意，那天她同樣以手寫的方式製作資料，卻聽到隔壁桌的人說出令人吃驚的消息，明里不由自主的加入了談話。
「我是說，外文系的佐佐木同學啊，要結婚了喔！」
「怎麼會！她不是跟我們同年嗎？」
「她就是想早點結婚啊，也不是先上車後補票的樣子。婚禮會在夏威夷舉行，休學一年，明年再回來唸書。」
「好令人嚮往喔！」同系的朋友用羨慕的口氣說道。
另一位同學，眼神穿過結霧的玻璃望向冬日的天空，一個人喃喃自語著，說她也好想去夏威夷。
「不過，才二十幾歲而已，就……」
明里驚訝地說。
「會嗎？雖然說還沒畢業就結婚是有些令人意外啦，但是以年齡來說，不奇怪啊！我們也差不多該做些打算啦。難不成妳都沒有任何計畫？」
「我連想都沒想過耶……」
朋友們轉移了話題，開始討論起那個結婚對象，明里則默默從對話淡出。
原來是這樣啊，曾幾何時，自己也到了論及婚嫁的年紀。
雖然缺乏著真實感，還是莫名感慨了起來。
一個人想得入神。

小時候可是從未想像過，適婚年齡的自己會是什麼模樣。

光是生活，就耗費她太多心力，畢竟以前對任何事物都感到恐懼。

不可思議的是，隨著年紀的增長，生活也開始變得輕鬆。

兒時的回憶浮現，那時候的我堅信，自己不配被愛，也永遠不能為人所接受。然而如此的世界觀又是在何時被推翻的呢？

對了，曾經有一個男孩，對我施下魔法。

「沒問題的。」

一瞬間，暖爐燃燒的聲音在耳邊響起。

那個人過的好嗎？

明里想起了那個男孩，突然急切地想要知道他的訊息。

自己是不是在就那個雪夜，從男孩身上奪走了什麼重要的東西。

該怎麼說才好呢，像是生存力量一樣的東西。

那時候的我們，相互接近然後合而為一。

兩個人分享了一切，也因此得到活下去的勇氣。

19

「若是和自己的理想出現了落差，任何人都會感到不悅，但不至於會像妳那樣，以過於苛刻的標準去要求別人。普通的人際關係就是這樣成立的。不過，妳卻完全欠缺如此的協調性，一味地用不是黑就是白這樣偏頗而極端的基準，強行加諸於我之上，一點都不客觀。妳覺得我這樣說有錯嗎？」

遠野貴樹對一個女人這樣說道。

二十一歲的冬天就要結束了。他念的是解析學，所屬於理工學院。住在池袋，每天步行上學。

今年，貴樹開始兼職擔任補習班的老師。

然後與在那裡相識的同年紀女生戀愛並且交往，而現在正準備要結束這段感情。

最初，他就知道這個女孩和別人不太一樣。

而她無法顯露出來，那些至今從未被人所理解的部分，貴樹卻輕易的接受了。

他第一眼見到那個女孩的時候，內心刮起了一陣旋風。

構成自己的所有部分，全都凶暴地轉動著。

就這樣被卷進暴風之中。

在體內沉積的噪音，細碎地遭到分解而消散。

自己的意識逐漸飄向中央的無風地帶，然後貴樹觸碰到了焦點，她存在的那個核心。

女孩也懷抱同樣的感受，直覺性地知道他們會相擁在一起。眼前的對方，是為自己所準備的另一半個體，而且這會是人生中唯一一次的相遇。

兩個人都深信不疑。

就像是漂流者終於得到了藉以維持生命的淡水，貴樹和她相互填滿了對方的渴望。見不到面的時候，手會無意識的顫抖，心臟都快要解體了一般。貴樹知道，她是那樣依賴著自己，而那女孩也是同樣需要貴樹。

他們完全憑直覺相處，沒有多餘的言語，就這樣吞下了對方的全部。

整整一個月，他們的感情如龍捲風般肆虐瘋狂。

沒想到就在第二個月，美麗幻影破滅竟轉變為令人厭惡的臉孔。

他們開始無法容忍對方的存在。

第三個月，貴樹從她身上學會了任何能夠刺傷人心的技術。

不是單純的互相對罵，而是用更激進的言語，攻擊別人的要害。

例如說，將本人都清楚瞭解的弱點，當作他什麼也不知道似的，一項一項毫不留情的指責出來。

那個女孩其實患有某種疾病，是個藥罐子。

好幾次發作起來，貴樹都用口含住水跟藥送進她的嘴裡。

第一次的交合，貴樹看著她過於嬌小的身軀，還不知情地開起了玩笑：「裡面該不會是空的吧？」

女孩的臉色馬上沉了下來。

「我所有的臟器幾乎都只有一半。」

「腦部呢？」

她用乾枯的聲音笑著說：「這還是第一次有人敢這樣問我……」

然後露出了安心的微笑。

「小時候，我和我的雙胞胎姊姊做過分離手術。」

貴樹想了一下。

他是那樣擅長於窺探一個人的生長環境與其個性之間的關係，但完全沒想到她會有一個孿生姊姊。

「真的嗎？」

她咯咯地笑了。

「騙你的啦!所有器官都是完整的待在裡面。」

即使討厭著彼此,他們還是繼續交往,沒有停止和對方見面。

即使知道一旦見面,又會丟出傷害對方的話語,卻還是單獨見面了。

兩個人其實都只是需要一個憎恨的對象而已。

不久之後,貴樹才明白這個道理,原來一切只是激烈形式下的相互依賴罷了。若是不在乎的對象,輕易地溫柔對待又有何難。

不過在那個當下,兩個人都無法承受那樣激進的愛。

貴樹要從她身上找到缺點,實在是太容易了,因為那也都是他自己不願意面對的部分。

全部丟給對方就好了!將自己的缺點給隱埋。

決定結束的那一天,他在最後說出預留在心底的那句話。

最後一擊。

「話說,妳的那個雙胞胎姊姊現在在哪裡啊?」

「……你憑什麼在我面前提到她！」
雪降了下來。

## 18

結束了長時間的升學戰爭，篠原明里總算考進了大學，成為大一生的那一年，她正好要滿十九歲，這也表示她沒有經歷心酸的重考生活。

學校的正門口有一棵櫻花樹，明里鑽過了人人稱羨的櫻花之門，正式成為了大學新鮮人。

近乎雪白的小小花瓣，翩翩飛舞著。

（啊，這就是自由！）

好心情全寫在臉上。

「聯考」二字就像是金牌令箭一樣，任何事都要以它為優先，所有想做的事情都要退居其後，直到大考結束才終於能夠實行。

她在外頭租了房子，開始了一個人的生活。這是她一直以來的願望，還為此和媽媽大吵一架，不過要每天往返櫪木縣的岩舟和東京市中心，根本是不可能的事，家人也只好答應了。

木造的公寓，外觀和內裝都是迎合了女學生的喜好，看起來乾淨而漂亮，裡頭還有一面向外突出的大窗戶，再加上門鎖嚴密，明里找不到挑剔的理由。現在，走路就到得了學校。

一個人的生活愜意，為自己做些料理，看心情也可以什麼都不吃，依喜好決定作息時間，最重要的，背後不會再有人為妳做的事發表意見，這實在是相當愉快的體驗。

說到愉快，第一次買齊了所有的工具，正式開始學習化妝這件事，也令她開心。不過，全憑感覺畫出來的妝容，連她自己都不甚滿意。所以只好將好不容易化好的妝全部卸掉，失望地上學去。

明里在大學的第一天就發現，一年級新生竟是如此容易辨識。單憑化妝手法的優劣就分得出來。和她同一屆的女孩，每個人臉上都頂著不熟練的妝容，那畫面看來十分有趣。

沒有固定座位的教室，還有一堂九十分鐘的課程，對她來說也很新鮮。換了一個新環境，緊張的心情依舊，但已經不會像以前那樣因為焦慮而全身發抖。

她當然交到了新朋友。

中午休息時間也不用困擾沒人陪她吃午餐。

雖然如此，她不再因為某個人的存在而感到不安。

一個人，就有時間好好與自己相處，她反而喜歡這樣的模式。

總之，她現在的生活相當充實。

明里和野宮同學的感情最好。

她雖然是一個帶有憂鬱氣息的美女，身材也好得像是模特兒一樣，不過個性大剌剌的，口氣也很粗魯，走路時腳張地開開的，在她身邊能感受到男人才有的氣勢。

而明里在第一眼看到她的時候就知道了。

（我們絕對可以當好朋友。）

因為那個念頭，明里甚至主動的在她身邊繞來繞去，最後終於變成了好友。這樣的情節，是以前的明里絕對想像不到的。

開學後一年，在一位同學的熱烈追求下，明里第一次與男性穩定交往。他是一個很有趣的人，在一起的時候也很愉快，不過因為一些原因，交往半年左右就分開了。

（只要有人說他喜歡我，我就變得很懦弱……）

明里也很明白自己的個性。

對方一旦這樣說出口，她就好像醒過來了一樣，發現自己其實沒有那麼喜歡他。

（等等，還是再考慮一下好了！）

這樣的過程不斷地反覆，一方面覺得，難得有人喜歡自己，是不是可以再努力看看，而明里也發現，一切可能只是貪小便宜的心態在作祟。這一點跟帥氣的野宮同學根本完全相反，不喜歡就馬上丟掉。

「不過小里的個性也和外表差很多啊！」

野宮從以前就常常這麼說。
小里是她對明里的暱稱。
「是這樣嗎？」
「應該說妳的內在跟溫柔的外表完全背道而馳。某種意義上，妳根本像是在求道一樣。」
「球道？」
「不是啦，是追求的求。感覺妳早就想好要怎麼做，然後一步步地去實踐，自己可能沒有察覺吧！」
「這樣啊……」
明里歪著頭，好像在回想什麼一樣。
「Water World，當世界沉入海底。」
「妳在說什麼？」
野宮時常像這樣，令人摸不著頭緒。
「人有分兩種啊！一種會為了抵達目的地而奮力地游泳，另一種就只是隨波逐流於水面上漂浮著。像大學這樣的環境特別容易看得出來，而小里就是前者。」
太過狹隘的分類令人不以為然，但是她說的也不是完全沒有道理，明里默默喃喃自語了起來。

「還真是單純的二分法啊……」

「單純化才容易理解啊！當然，我們還可以再細分出很多類型，在水面上漂浮的人中還有兩種，有人像是在泡溫泉那樣，舒服自在，也有人可是好不容易擺脫了腳的重量才浮上來的。所以妳我都算是幸運的啊，以際遇上來說。」

這樣說也是，明里心想。至少我們現在都不需要為了維持現況而汲汲營營的。

「順帶一提，游泳的人也有兩種。」

「又是哪兩種呢？」

「兩者的差異在於目標的有無。沒有明顯目標的人容易失去方向，而在水中掙扎時往往跟那些盡力在水中漂浮的人種沒什麼差別，相位雖然不同，但做的事情卻是一樣的。」

「嗯……這樣啊……」

「就這樣，世界按照如此的循環轉動，也就是所謂的 Ring World！」

現在想想，這其實是野宮送給明里的忠告，要她放棄那樣半吊子的戀愛模式。而那個當下，明里正談著戀愛，所以她用了低調而深刻的方式訴說。

外頭，冬雨綿綿。

一切和朋友結婚的消息完全沒有關係。

然而明里不願被套用進單純的聯想遊戲中，被大家認為自己受到了影響，所以她刻意待在研究室裡一段時間，再默默地走出去。

走過長廊，她進入另一棟校舍。

才剛接觸到外面的空氣，寒冷的溼氣馬上就滲進髮梢。

那裡是外文系的區域，一整排都是老師的個人辦公室，一間一間的隔開。看到自己目標處亮著燈，電波瞬間在她身體裡流竄。

敲了敲門，沒聽見回應，她便轉動門把，推開了一個小縫。

辦公室的主人把眼神從電腦螢幕上移開。

「可以打擾一下嗎？」

「如果能夠保持安靜的話，請進。」

近乎疼痛的情感在胸口緊縮，她深吸了一口氣，走向桌子前的沙發上坐下。視線中的那個男人，持續敲打著鍵盤，幾乎沒有停下來的時候，看來他完全不需要思考。

全部都被螢幕遮住了，明里只好從他大大的手掌來想像他的模樣。

在這個大學，可以選修其他系所的專業科目來當做通識的學分。

明里在二年級的時候，有選修英美文學史還有研討會形式的翻譯課程，指導老師就是眼前的這個人。

他是一位學者，亦是一位翻譯作家，明里深受他作品裡美麗的文字給吸引，這是她選修這些課程最初的原因。

而不久之後，她立即找到了另一個理由。

對自己視而不見，專心投入工作的身影，還有稍微轉動脖子的動作，一切的一切都帶有獨特的氛圍。

這種感覺應該就是喜歡吧！雖然並不具體也不明確。

若是知道原因，自己還可以在心底設立最後的防線，只要不去觸碰，就不至於完全淪陷，也能夠藉由否定的形式，讓自己接受或理解。

問題就在於沒有理由啊！

明里深受困擾，甚至感到痛苦。

頭腦明明是為自己所控制，卻無法不去喜歡他。

話說回來，喜歡的感受或是理由，真的可以具體的表現的嗎？這世界上還是有很多事，無法用言語表達的吧？尤其是喜歡一個人的原因。

雜誌上的問卷訪談中，只要提到喜歡的異性類型，「溫柔的人」這種類型總是榮登第一名。

明里覺得很奇怪。

至少她從來沒有因為溫柔這樣的理由喜歡上任何一個人。

不過這也不代表那些問卷都是騙人的，當然，大多數的人一定也是這樣回答。

明里覺得，大家絕對不會因為溫柔就喜歡上某個人，而是那個對象剛好很溫柔罷了。

不由自主地喜歡一個人，誰也不知道該如何用言語表達，但沒有理由又無法回答問題，所以到頭來選擇了「溫柔」這樣不痛不癢的理由搪塞。

應該就只是這樣。

如果不是的話……明里陷入思考。

「好了！有問題嗎？」

他動了動持續敲打鍵盤的手，不過那並不是為了和明里打招呼，他只是想要活動一下手部的肌肉。

「其實，也沒有什麼問題……」

「那妳怎麼會過來？」

「沒有事情就不能過來嗎？」

「這樣不是在浪費我們雙方的時間嗎？」

明里心想，如此不溫柔，甚至對自己一點好感都沒有的人，自己怎麼會喜歡上他呢？

「真不敢相信你連對話的時間都覺得可惜。」

她盡量用平靜的口吻說道。

「如果將這些時間的知覺處理用在別的方面，這一刻，或許我就有了另一個新的發想。而毫無意義的時間應用，極有可能奪去那樣的可能性。我想這並不是什麼難解的理論，妳應該聽得懂吧！」

「所以回答問題的時間就可以浪費？」

「回答問題是我工作的一部分。」

「從那之後你有想過我嗎？」

「說實話，完全沒有。」

他的表情沒有任何改變。

「老師是單身對吧。」

「雖然牽涉到自己的隱私，我是單身沒錯。」

「假設我們能擁有更多共同的時間，說不定就會慢慢地對我產生興趣。對此你的看法是？」

「我不否定那個可能性。但是我並不覺得有實行的必要，那些時間，我應該花在更重要的事情上。」

明里忍不住嘆了一大口氣，那份苦澀讓肺部隱隱作痛。

「『工作和戀愛哪一個比較重要？』我現在才瞭解，這句話就是在這種時刻出現的。」

「我想，那個答案具有比較性，全憑當時的興趣取向，就只是這樣吧，並不存在固定的答案啊！工作當然有比戀愛重要的時候，有時單純只是對那個人沒有興趣。」

「老師為什麼如此充滿熱忱呢？」

「吸收進情報，經過咀嚼然後再產生出新的情報。我在這樣的過程中提升了自己能力，也獲得了很多東西。」

「其他人，都跟你無關是嗎？」

「我並不覺得我需要那些交際。」

「那你自己的幸福又在哪裡？」

「人也不是完全為了幸福而活在這個世界上的。以幸福做為目的的人生也太過空虛。所謂的目標，不應該更具體嗎？」

「不是為了幸福而活？」

「沒有錯！」

「而你就打算這樣繼續下去？」

「是的。」

「我想誰都不會認同你的。」

「就算是這樣也沒有辦法。」

「嗯？」

「個人的共鳴對我來說沒有什麼價值。普遍傳達出來的，都只是從理論上延伸出來的絕對值而已。」

一個人坐在大街上的咖啡廳，明里完全失了神。

咖啡來了，忘了加糖就喝下去。

她想要藉由咖啡的苦澀來中和胸口的疼痛。

「我的人生並不需要妳。」

這就是最後的結論，第一次如此清楚地被告知這樣的事實。

不對……好像不是第一次。

或許不是用言語直接表示，但自己也曾經籠罩在他人拒絕的惡意之中。

明里的手肘枕在桌上，雙手扶著上額，掛在椅背上的傘滑了下來。

自己喜歡的人，好像永遠都不會喜歡自己。

偏偏就在這個時候，收音機播放著三拍子的悲傷歌曲。

明里有聽過這首歌——小島真奈美的『初戀』。

這是最不想聽到的一首歌啊！尤其是現在。
她很想馬上起身離開，卻發現自己一點力氣都沒有。心情極度的糟糕。
好想念他喔……
突然的一個念頭。
他是誰？
明里自己也搞不清楚。

# 17

比所有人都晚了一步，當貴樹的就職活動落幕，取得內定的時候，秋天已經過了。

由指導教授介紹推薦的軟體開發公司位於三鷹市，主要營運項目是客制化的程式設計與製作，然後從中取得利益。

職稱就是所謂的系統工程師，狹義來說，就是負責系統的設計還有營業事物，企劃規模較小的時候，貴樹甚至還要負責程式設計。

雖然不算是知名的公司，規模也只能算是中型，但是它的成長顯著，在業界的評價也十分良好，貴樹能進入這間公司，所有人都誇讚他的運氣很好。

他完全認同，自己真的是因為好運。

而且進公司之後才發現，原來他也很適合程式設計的工作。

在大學做的研究，多半都是使用電腦，對於寫程式只能算是略知一二。不過，實際上接觸之後，「這根本是為了我而存在的領域啊！」

貴樹才恍然大悟。

能夠從事這樣的工作，真的十分幸運。

只要待在自己的辦公區域內，盯著螢幕看就行了。

所有事務上的討論用郵件就可以解決，也就是說，完全不用浪費任何時間與人交談或是建立人際關係……在貴樹心中，也存在這類消極的原因。

除此之外，經由記述堆積之下構成的單一動作，從中獲得的感動同樣令他相當開心。

貴樹從來沒有想過，他會如此適合成為一位工程師。

將自己埋入方格之中。

在親手寫下的數字內，注入自己的一切。

一點一點地將自己切下，在四面環繞的方格之中持續著，運作開始，幅度漸漸增大，而他一個人開始動了起來。

貴樹醉心於如此的過程。

而區隔用的隔板還有窗戶圍成了一個被孤立的世界。

他伸出手向外界取得資訊，然後帶回自己的天地中組合。

貴樹總覺得，自己像是在荒野中建築鐵塔，或是在創造什麼不存在的動物。

從手中孕育出的創作。

然後它們會成為一個更巨大的集合。

這樣確實地感受，讓他高興不已。

新的技能在體內建構出的快感。

持續發想，然後實踐。

獨自研磨出的光澤，呈現引以為傲的成果。

深切感受到自己的進步，而那進步更是代表著前進。

日復一日的沉醉於親手打造出的成就感。

想要飛得更高，更遠。

就這樣兩三年過去了。

回過頭才發現，貴樹已經是全公司最有能力的人。

這件事本是令人欣喜的，然而，噪音卻開始在他的身邊環繞。

試圖閉上眼，裝作與自己無關的樣子，也已經不可能了。

組織內的瓶頸，阻擋了繼續升遷的機會，被周圍能力低下的人扯住後腿的狀況，也令他非常痛苦。

他想要將手伸得遠，但頭上有屋頂遮蔽，雙腳越趨沉重。

明明還可以爬得更高的啊！

壓迫感使他無法呼吸。

沒有比無法前進的工作和沒有上進心的同事，更令人感到煩躁了。貴樹發現，那些缺乏意識的人們，等級越低越是不肯承認自己是群體中多餘的存在，虛報出的重量。而這一切還不是因為自己沒有能力。

貴樹被周圍速度緩慢的跑者給困住了。

那些人難道都不想前進嗎？

他們又是為了什麼而活呢？

至少不要拖累我……

「也是有人害怕近距離的衝刺啊！」

偶然向水野說起了自己的不滿，她用溫和柔軟的口氣說道。

「大部分的人都會故意繞遠路，然後拖著疲憊的身軀慢慢消化那些道理。不認為別人教導的事物是正確的，偏要自己去嘗試、犯錯然後才總算願意去接受，這樣的人也不在少數。沒有辦法啦！」

被她這樣溫柔的指點，貴樹緊繃的身體頓時解放了，心情也輕鬆了許多。

水野的聲音，還有她說話的方式，好像有什麼不可思議的療效一樣。

話雖如此，一旦進了公司，不滿的情緒還是會一股腦地衝出來。

而且水野理紗在說這些話的時候，流露出一絲悲傷的神情也讓貴樹有些在意。

「你是某某公司的遠野先生對吧？」

某一天，水野理紗突然在新宿站月臺開口叫住了貴樹。

現在想想仍然覺得相當不可思議，她竟然會做出如此的舉動。以貴樹的判斷，理紗不像是個會隨便向陌生人搭訕的類型。

「嗯……我是……」

突如其來的舉動令貴樹不知所措。

通常會在路上與他搭話的，不是要做問卷調查，就是行銷員。像這樣直接講出自己的姓氏，還真的有些出乎預料。

為了想起那個女人是誰，貴樹花了一點時間，也因此錯過了要搭乘的列車。那天他只是在新宿看完一場電影，準備要坐車回家而已。

水野理紗在貴樹的客戶公司就職，是與他接應的負責人助理。

唯一的接觸，只有一開始的名片交換，還有後續的一些業務上的討論。

貴樹覺得相當有趣，以這樣的交情來說，就算在街上遇到了自己，理應不會特地叫住對方。而水野如此自然的態度，也確實引起了他的注意。

況且一個女生在假日，因為沒有特別的約定，在家又覺得悶所以就獨自漫無目的地在街上閒逛。或許是自己的偏見吧！不過，以女性的習性來說，如此的舉動實在相當少見。

貴樹很有禮貌的邀請她去喝杯茶，她也笑著點了點頭。

那抹微笑依舊在記憶的片段中燃燒著。

他們走出東口，在面影屋咖啡店內坐了整整兩個小時。

在那兩個小時內，話題竟從未間斷過。

這莫非是我第一次和一個人持續這麼久的談話嗎？貴樹心想。

他和水野盡興地聊著天。

在很多方面他們的看法都一致，就算有意見不和的地方，水野也會溫和地論述邀請他用另一個角度去解讀，相互尊重而不需刻意認同。

如此深度的談話內容還有精準的回應，貴樹發現自己好久沒有像這樣暢所欲言的聊天了。

然而這時候他才驚覺，原來自己是如此渴望與人接觸。又或者說，他一直錯把遠離人群當做自己的需要。

最後，他的喉嚨竟然感到有些疼痛。

說話說到過度使用喉嚨，以現實來說多麼不可思議，這應該只是電視上那些藝人，為了炫耀自己說話的能力所編造出來的效果而已啊！

貴樹開始希望能與契合的對象做更多的談話。

好久沒有這麼盡興了。這幾個小時對他來說真的非常充實而愉快。

只是，談話中有一件事情令他有些在意。

貴樹的直覺很準而且善於觀察別人，所以他提議來玩一個遊戲。

「如果能猜中的話，你就試試看啊！」

水野一副不以為然的樣子隨意地說道。

貴樹抿了抿嘴脣，看著眼前那個很適合配戴眼鏡的女孩正把玩著吸管。

回答出兄弟姊妹的有無，即使是初次見面，對貴樹來說並不算什麼難事。排行老大還是老么，有兄弟還是姊妹只要稍微聊過天就有八成的機率可以猜中。

她沒有姊姊。

也沒有妹妹。

從她身上嗅不到與同年紀女性共同成長的氣息。

應該也沒有弟弟，這看她和男人接觸的方式就知道。

「妳不是獨生女，就是有一個年紀差很多的哥哥。」

至少能夠猜中一個吧，貴樹選擇用這樣的方式回答。

才說完，水野就流露出動搖的神情，好像觸動到她心中某個重要的部分。

這是一次很成功的攻擊，貴樹早就習慣了如此的反應，畢竟他是那樣容易地看穿別人的心思。

把自己的傷口掩飾得很好，這是貴樹對她的評價。

「……你猜對了。」她勉強撐起了笑容，但沒說明是哪一個部分才是正確的。

「你對人很有興趣嗎？」她問。

貴樹笑而不答。

事實上全然相反啊！就因為對「人」這種生物完全不感興趣，所以才能用格式化的方式冷眼分析。

最初是礙於禮節才邀請水野去喝茶的，最後貴樹竟對她懷有強烈的興趣，應該是因為她有所隱瞞而引起了他的共鳴。

她那死命都想把眼神移開的氛圍，更有種似曾相識的感覺。

貴樹和水野交換了電話還有電子郵件地址。之後的每個禮拜他們幾乎都會單獨見面。

在某一次約會結束後，貴樹說：「我想看看妳的房間。」

「……好啊。」水野理紗這樣回應。

# 16

水野的房間像樣品屋一樣整齊漂亮。

沒有擺放任何的雜物，坪數不大看卻起來相當寬敞。

那些雜物和礙眼的東西通通都被收拾進裝有百葉扇門的置物間內。

白色的壁紙，統一原木色調的傢俱，所有物件都打上了蠟，經常使用的廚房也乾淨得發亮。

之後才知道，她堅持每天親手打理自己的三餐。這不只是她的習慣，應該說是信念比較合適。

看得出來水野盡了很大的努力來維持自己生活的空間，這點和亂七八糟的貴樹是完全相反的。

房間的擺設只有古典設計床，成套的復古書櫃和書桌椅，沒有沙發，也沒有茶几，這表示她最初就沒有考慮會有訪客出現在家裡。

自從貴樹開始進出她的房間以後，水野才正式添購了茶几跟靠墊。

貴樹很喜歡這裡，分享同一個空間，也對房屋的主人存有好感。

作。

「我可以在這裡工作嗎？」

第一次來到她家的時候，貴樹一時興起地從包包裡拿出筆記型電腦，就地開始工作。

「真受不了你，請吧！」她無奈地說。

水野有些驚訝，也有些生氣，之後好一陣子都擺出厭煩的表情。

但是，看著貴樹愉快地敲打著鍵盤，水野的心情也在不知不覺中平復了不少。

帶著從未有過的平靜心情，他持續工作著，還不時用鼻子哼著歌曲。

一切都太不尋常的美好。

「不過，我還是覺得很震驚，直到現在都不敢相信。」

不知道在他們第幾次的交合後，水野感慨地說。

「我以為這輩子都不會有人愛我，也從來沒有想過能夠像這樣，和一個人有如此深入的接觸。曾經都覺得自己就要不被人所愛的獨自活下去。」

「好像不是這麼一回事喔。」

「我的手可以在妳的身體上停留久一點嗎？」

就知道她會拒絕，貴樹撫摸她的雙頰，驚慌失措的表情讓他覺得很新鮮，同時一種既視感浮現。

「體溫真令人安心，還有骨頭的觸感也是。」

原來是這樣。

一瞬間閃過的畫面，那個無法捕捉的記憶片段，同樣傳到了貴樹身上。

水野受不了他房間的凌亂。

「我可以幫你整理嗎？」

「不行。」

是怎麼一回事呢？隨著年紀的增長，貴樹開始不願意收拾東西。

他認為，把東西收拾好，再把它歸位這樣的舉動是一種不必要的步驟。而且，一旦經過他人之手，自己又必須重新把握住所有物品的位置。

「你怎麼會有這個？」

從廚房傳來水野的聲音。

她右手拿著鉗子，左手握著一只陶燒的茶杯，站在完全沒在使用而保有整潔的廚房前面。

她看起來相當疑惑吧！從不下廚的貴樹怎麼會有這些廚具。

「啊啊，那是種子島鉗跟種子島燒。」

流理臺下還有種子島菜刀，雖然沒有在使用，但這些都是從島上帶來的。

「上大學以前我住在種子島。」
「種子島？鐵炮傳入的那裡？」
「沒錯，鐵炮最初傳入的地方。」
「原來你是在島上長大的啊，看不太出來耶！」
「也不能完全算是島民啦，我是國二才搬過去的。不過，在刀刃的選擇上我倒是很挑剔，這點算是有受到影響吧。」
「種子島，是在鹿兒島那邊？」
「沒錯。」
「從你身上完全感覺不到南島的氣息耶！」
「不然是怎樣的感覺？」
「像是北國的冬天，下著厚厚的雪。」
貴樹笑了，從水野的手中接過杯子，放在盤子上。
距離水燒開好像還要一陣子。
「種子島跟這個杯子一樣鮮紅。」
「什麼部分？」
「土。」
「土？」

「土壤是紅色的，因為富含了鐵質，如同我們血液鮮紅的道理，種子島燒也是紅色的。在以前那裡可是鐵製品的一大生產地。現在好像也是。」

「那裡也有在製作刀具？」

「是啊！妳不知道嗎？種子島製菜刀，可是名品。」

「我還是第一次聽到。」

「鐵炮之所以會跟種子島劃上等號，其實跟鐵炮的傳入沒有太大的關係，主要是因為那裡曾經大量生產過這個物品，才因此聞名中外。」

說起島上的事情令貴樹心底酸酸的。

回顧過往，那些在種子島度過的日子其實非常美好。

直到現在才有這樣的體悟。

那天，水野留下來過夜。

她的額頭緊靠著自己的肩膀，連鼻息都聽得好清楚。

看著她的睡臉，貴樹同樣覺得這一切似乎非常不可思議。

一個毫無防備的女孩就躺在他的身邊，這樣的情景確實超出了貴樹的想像。

到目前為止，他跟不少女性交往過，然後分開，但這次的感覺真的不一樣。

好像開始鬆懈了。

那是一種安心感，不需要任何的防備。

原來，人是有辦法為另一個人卸下武裝的。

帶著驚訝的心情，貴樹開始回想，似乎從來沒有任何一個人像這樣安穩地睡在自己身旁。

呼吸聲穩定猶如浪潮進退。

突然有一種錯覺，自己好像被島上的氣息給包圍。就在那極短的時間內，貴樹淺嘗了他所懷念的過去。

# 15

明里的求職前景，說直白一點，非常糟糕。

不巧遇上經濟的十年寒冬，不論哪一個企業都在壓縮開放給社會新鮮人的職缺。而對於沒有一技之長的文學院女學生來說，環境更是險惡。

從周遭的氣氛還有教授們耳提面命的警告，明里早已作好了心理準備。四處參加說明會，東奔西跑的趕場面試，她開始了求職活動。

（……到底是誰說，大學可以玩四年的啊。）

明里從來沒有像這樣忙碌過，每天精疲力盡的，準備聯考的日子都還比較輕鬆呢。

最後，她好不容易收到了都內連鎖書店的採用通知書。

雖然不是規模最大的書店，但也在二，三名的競爭行列之中，幾乎可以說是大型企業了。

一開始的時候，她擔任店員的職務。

每天可以跟大量的書籍為伍，對明里來說是相當理想的工作。

當封面的摺疊方式，書架的陳列位置，還有收銀機的使用甚至是人際關係都成為習慣，轉眼間也過了一年。

之後的兩年也持續在店內工作，她在進公司的第四年，移調到自己期望的部門，成為了採購專員。

讀書對她來說不再只是興趣，現在已經是自己的職務範圍。毫無興趣的書籍類型，或是八卦周刊，就連男性取向的雜誌她都必須要全部看過。無關自己的喜好，明里能夠以商品的角度來思考它的魅力，然後分析它能夠吸引的客層。當然，她也經過無數次慘痛的失敗，被上層罵到臭頭，好幾次都燃起了放棄的念頭。不過，明里對書本的熱愛倒是從未改變。

雖然工作不可能永遠都是順利的，但她還是覺得很快樂。

除了對書籍純粹的喜好，她也非常喜歡職場的氣氛，而能夠親手將一本自己所選擇的書籍上架，讓廣大的消費者給看見，感覺真的很好。

自從工作異動之後，明里的人際圈也一口氣拓展開來。

在書店工作的時候，接觸的對象還是以「不具名的客人」居多，而進了採購部門後，跟「固定客戶」的交際開始變多了。

這樣說來，現在的部門反而是另一個廣闊的新世界。

那個人，也是在成為採購之後認識的。他是某間出版社的業務。

出了社會之後明里發現，在企業中擔任業務的人，身上總是散發出一股獨特的氛圍。

以職業內容來說果然是需要一些魄力還有善於交際的特質吧！

「我一定做得到！」

他們多半給明里如此的印象，身上好像都穿著盔甲一樣，看起來非常辛苦，她時常為那樣的疲憊感到擔心。

「真的很累人。」那個人感慨地說。「畢竟這都是努力的成果，而不是自然的狀態啊！當然，自己早就習慣了，就算在無意間還是會露出業務的樣子，不過這道理就像是搭上擠滿人的電車一樣，就算再怎樣習慣，依舊覺得疲憊吃力。」

在職場上看到的他，總是一副精明能幹的樣子，但是私底下，他卻莫名的溫和，做什麼事情都慢條斯理的。

明里覺得有趣極了。

他的教養好像很好，身為業務不會讓人覺得太過強勢的部分，也很不錯。平時笨笨的形象，給人一種直率的感覺。那個「笨」沒有任何的惡意，溫溫吞吞的個性反而惹人憐愛。

明里心想，若是二十四小時都維持著工作時的高昂情緒，一定很累人吧！

「篠原小姐很適合『戀愛』這兩個字。」

他說，明里看起來好像談過很多場轟轟烈烈的戀愛。

「才沒有呢！」
「不不不，妳一定有！」
當然也有很多苦澀的回憶，他接著說。
「感覺妳將那些經驗還有感受，一點一滴的累積起來，豐富了自己的人生。」
說實話，明里覺得她被輕視了。但是，如此帶有討好意味的話語，卻沒有想像中令她討厭。

# 14

這樣的關係持續了兩年。

雙方的工作都很忙碌，能夠見面的時間只有在晚上。

一旦看到窗外的天色暗了，貴樹就會想起她。

用郵件聯絡，相約共進晚餐，然後喝點小酒。

行程一直都像這樣。

位於中野，現在已經不復存在的那間酒吧「上海娃娃」，他們總是坐在吧檯的位置，貴樹喝著威士忌，水野不是點白蘭地沙瓦就是一杯名叫時光封印的調酒。

「貴樹小時候是怎樣的孩子啊？」

「很普通啊。」

「騙人！」

「硬要說的話，就是個一直在轉學的孩子。」

「因為父母的工作？」

「嗯。」

水野看著吧檯邊色彩鮮豔的酒瓶，小聲地自言自語。
「好好喔……我一直很想轉學看看。」
貴樹震驚地問她：「為什麼？」
「因為可以歸零不是嗎？不論是自己的形象，還是外界對你的既定看法，全部都能重新開始，我一直都這樣想的。」
「辛苦的事比較多啊！」
「是這樣喔？」
「轉學生會像是個異端分子一樣，介入他們已經完成的人際關係中。」
「在我國小的時候，曾經有一個女生轉到我們班上。她長得非常漂亮又很受歡迎，雖然有很多人偷偷忌妒她，但也因為如此，大家更加地喜歡她。」
「妳沒有看過她鬆懈的樣子吧？」
「嗯？……這樣說來好像也是。」
「那女孩應該很聰明，我想在她內心一定無時無刻都感到緊張吧！」
「你也是這樣吧！」
「是嗎？我也不知道大家是怎樣看我的。」
「至少你沒有被欺負啊！」
「……也是，好像沒有那種印象。不過啊，就因為不停的轉學，我也掌握了融入群體的辦法。」

夜歸的路上，兩個人並肩走著，然後水野開口了。

「我是個很怕生的人。」

「我知道啊。」

「為什麼？我在你面前一直表現得很好耶。」

水野突然抓緊了貴樹的手臂，將上半身的重量全部倚靠在他的身上。

「怎麼辦……我真的好喜歡你。」

貴樹沒有回應，只是靦腆地笑著，一面感受理紗身上的香味，還有在頸間滑動的髮絲，看著前方繼續地走。

那個靦腆的笑容完全只是演技。

我也是啊！他心裡明明也這樣想的。

但不知道為什麼，貴樹就是說不出口。

水野理紗以前好像發生過什麼事。

從見面的當下貴樹就有所察覺，一直以來他也將這件事掛在心上。

與她纏綿的那個夜裡，他找到了答案。

凌晨時分，睡在貴樹房間內的理紗，突然像孩子一樣大哭了起來。

貴樹嚇得睜開眼。

「怎麼了？」

他急忙轉過身去，用手摟住她的肩膀。

這個動作彷彿啟動了她淚水的開關一樣，理紗蜷曲著身體，淫著一張扭曲的臉，嗚咽說道：

「我夢到哥哥了……他就站在月臺上。」

貴樹坐起身，看到她緊抓著毛巾縮在一旁，試圖要壓制不停抽搐的身體。

哥哥……

走去廚房拿冰涼的礦泉水，將水野從床上扶了起來。

她卻連水都沒有辦法喝。

貴樹不發一語，坐在一旁靜靜守護著她。

除此之外他還能做什麼呢？

好一段時間，水野的呼吸還是相當急促。

他也完全沒有過問什麼。

突然間，她將手放在自己的額頭上開始說話。用顫抖的呼吸吐出顫抖的聲音。

幾乎像是在自言自語一樣不停地說，雖然有些部分聽不清楚，但內容大概是這樣。

水野的哥哥，在她國中二年級的時候，跳下月臺被迎面而來的電車輾過，後來經過研判，是自殺。

「然後……就不行了，完全不行了……」

從那之後，水野心中的齒輪瘋狂轉動，她想盡辦法迎合周圍的環境還有人際關係，維持平衡的機制徹底崩壞了。

她再也找不到自己的容身之處。

然後，她說起了學生時代遭到冷酷孤立的經驗。

那時候，沒有人會用正眼看她。

光是聽見水野顫抖的聲音，自己的胃都要結凍了。

貴樹突然想起自己的同事長谷川所說過的話。

據他的說法，對於弟弟妹妹來說，哥哥的死亡跟其他家人的死在意義上有顯著的不同。

長谷川任職於人事部，只要公司內員工的家中發生不幸，他都會趕去慰問。

他也因此發現，兄弟姊妹之中，哥哥的死去所造成的傷害是最大的。

有些人因為親人的死，遲遲無法平復心情，甚至影響到工作。這樣的狀況往往不是因為自己的父母，或是姊弟妹，而是哥哥。他是這樣說的。

貴樹沒有兄弟姊妹，所以在聽到這件事的當下，並沒多大的反應。不對，不僅如此，自己甚至對於它的真實性抱持懷疑。

面對親人死亡的傷痛，不應該都是一樣的嗎？

貴樹現在才發覺，他說的可能都是真的。

或許兄長在親近程度還有人生的密度上都扮演著比父母更重要的角色吧！長谷川這樣說道。如同平衡器一般的存在。

水野依舊不停地顫抖著，那份嗚咽從肺部蔓延到全身。

一旦經歷了家人的死，當事者就會極力地想要依附於現實之中，腳下的重力頓時變得強烈。

貴樹已經是個大人了，他能夠理解這樣的道理。

回想起自己身邊所發生的死，他不禁沉重了起來。

貴樹始終保持沉默。

日光燈所發出的頻率麻痺了他的神經。

理紗夢見了她已故的哥哥。

自己卻什麼都做不了，手足無措。
至少能緊緊抱住她，或是輕輕地在她耳邊說句「沒關係的」。
貴樹覺得他應該要這麼做啊。
簡單的一句話，或許就得以撫慰她的心。
為什麼自己連這麼簡單的事情都做不到呢？

而水野理紗的哥哥，又在月臺的另一頭找到了什麼呢？

# 13

下一次見面的時候，水野看起來有些憂鬱。

隱瞞胸口的抽痛，表面上裝著一副什麼都沒有發生過的樣子。

所以貴樹決定配合她，不去過問，就當作自己沒有看穿她的悲傷。用最平常的態度和她說話。

只是，在觸碰她的時候比以前用心了些。

工作更加忙碌了。

有能力，而且對工作充滿熱忱，得到好的評價是必然的。

也因為如此，公司總是將難以處理的爛攤子丟給他，就這樣循環。

貴樹沒有表達他的不滿，自己就像是地下鐵工程的挖掘工具一樣，埋頭處理眼前的工作。

最後送交給他的案子，是令全公司的人都束手無策，在貴樹進入公司之前就存在的難題。遲遲都沒有辦法確立目標。當然，什麼時候能夠完成也沒人可以預料得到。

挖東牆補西牆，這個企劃像是一個永遠都補不起來的大洞。

貴樹咬著牙持續地和它奮戰。

「好重喔……」

不經意從口中說出的話透露了他的心聲。

沉重的明明是程式的處理，但自己的聲音竟然引起全身的共鳴。

身體好重。

拿起星巴克的紙杯，將咖啡往嘴裡送卻一點味道都沒有。

貴樹靠在椅背上，舒展他的背脊。

咦！這感覺不太對勁。

不是精神上的疲倦，也不是身體上的勞累。

他放空看著白色的天花板，喉頭的肌肉一緊。

到底是怎麼了？在腦海中尋找適合的詞彙。

「好累……」他低語。

沒錯，這就是答案。

為什麼會這麼辛苦呢？

貴樹閉上眼睛，深吸了一口氣。

試圖要用自己的知覺去感受一些東西，竟發現周圍似乎環繞著超過1G的重力……

他開始不知道自己存在於哪一個星球上。

而且這樣重力只會越來越強烈。就要不能動了……

自己好像從空間中抽離。

原來如此，逐漸遭到剝離這件事令貴樹感到痛苦。

就是這裡！

他被迫不停地減慢速度，只要留在這個地方。

以自己的加速度，絕對可以飛快前進。

四周的重力拖累了他的進度，速度極度緩慢。

要盡快離開這裡才行啊，身體就快失去控制。

一刻也不能等。

貴樹意志堅定地睜開了眼睛。

這地方已經失守了，就像是令人動彈不得的沼澤。

再不抬起腳向前移動很快就會沉淪的。

不妙。

若是不趁現在趕緊離開，自己將再也無法邁開步伐。

這個企劃的勝利條件是錯誤的，設立的目標也有問題。一定要從頭開始運行，並縮小成適切的大小，使方向一致才對。複數的引擎數量造成施力點紛亂，左右分離，也觸碰不到問題的主體。

貴樹用驚人的速度敲打著鍵盤，只花了半天的時間就完成了企劃的修正報告。他已經無法去考慮這行為是否有跨越自己的職權，並且直接著手於新理論的實行。

他把比較的資料直接上呈給主管。

原來的方式是永遠抵達不了終點的，甚至經過逐年的衰敗後在空中遭到分解。或許是用字遣詞太過強硬，貴樹的提案被退還了回來。

開什麼玩笑。

自己沒有理由待在即將沉沒的船上啊！

這樣的狀態，不是死命填補破洞就可以在沉船前抵達目的地。

貴樹寧願棄船離開，憑自己的力量划水前進。

跳過一個階層，他將同樣一份資料交給了事業部長，要求更換方針。

得到的回應曖昧，主要是要他不要節外生枝，做好份內的事就好。

後來，他按照自己的方針進行，製作兩者效率比較的數據資料，不止一次的提交給其他上司，依舊沒有一個人願意給他正面的回應。

這樣下去不行。

「請您選擇。」

一天，貴樹站在事業部長的前面這樣說道。

若不是將自己從那個案件中除名，就是全面更改作業的方針，如果兩者都不能接受，他願意辭職離開這間公司。

事實上，這是一種威脅。

不知是上頭終於正視了這個問題，抑或是被迫檢討下的結論，他們採用了貴樹的方案。

這件事令他安心不少，原來高層中還是有人能夠做出正確的決策。

如果連這樣的判斷力都沒有，他就算辭職也不覺得可惜。

企劃組的主導權落到了貴樹身上，經過無數次的開會討論，正以過去無法想像的速度，朝著完成的階段運作，

貴樹為此相當滿意。

不過，那也只是一開始。

擺脫了上司，組成了自己的小組。

這表示貴樹必須為成果負責。

理所當然的事實，他完全能夠理解。

然而，自己的桌上出現了各式各樣上呈的資料。

從未承受過的責任開始壓在他的身上。

例如說，他必須要統整性向各有不同的組員，並且交代他們做事。

貴樹知道自己在發牢騷，但他對於其他人的差異性感到相當厭煩，調整細微的人際關係，還有申請表格這類的雜務也是。

企劃的運作以顯著的速度加速當中，持續地進行。

公司方面似乎相當滿意，每次報告進度的時候，都會用肯定的語氣誇獎貴樹：「你才是正確的！」、「做得很好！」

但是……

他本身卻因為過度承載的靜負荷，導致速度的減緩。

忽略那些重量，不去承認自己的遲緩。

雜務就算增加了，貴樹也從不減少他一天的工作量，即使水野來到家裡，他依舊不停工作著。

這樣的情況越來越常見。

好幾個小時都不說一句話，有時甚至忘記了水野的存在，然後再慌慌張張地說些話陪伴她。

現在想想，那時的自己完全欠缺日常生活的價值觀，一點美學都沒有。

他也從未向水野透露過工作上的不滿。

「工作上的事，即使沒有心情也跟我說說看嘛！」

貴樹總是要在理紗的強硬要求下，才願意抱怨個幾句，而且極度的不能理解，她為什麼會提出這樣的要求。

或許說出來了，心情會舒坦一些，周遭的人們也能夠因為瞭解而感到安心，這樣的機制，貴樹是清楚的。

但他沒有實行的念頭。

「可以請你開心的時候就露出笑容，不開心的時候再皺眉嗎？」

水野說道。

開心的笑容可以令大家安心。

一旦眉頭深鎖，大家就會擔心。

講來講去，還不是「大家」的問題嗎？

貴樹覺得這問題並不在他身上。

「遠野貴樹要再多表達一些自己的情緒才好！」

周遭的人提出這樣假設性的疑問，但是真正想要表達情緒的，是他們自己吧！

對此貴樹不感興趣。

如果可以，他想要一個人處理自己內部的問題。

「我想我開始瞭解了。」

「瞭解什麼？」

「你之前有說過吧！轉學對你沒有任何影響。」

「好像有這麼一回事。」

「那是因為你認為自己就算不被理解也沒有關係吧?」

貴樹心想,那應該就是原因。

在沒有興趣的人面前,要裝出完美的人格並不是一件難事。

「只留下氣味。」

水野說。

對你來說什麼是重要的,什麼是不重要的,只能用一些殘餘的氣味來分辨,其他的部分好像都被蒸發了一樣。

所以,我現在只是在探訪,那空無一物的寶箱中遺留下來的嘆息而已。

半夜,貴樹夢見了小時候的他。

場景是在學校,不知道是哪一門科目的分組活動,他卻進不去任何一個組別。

這個夢顯得可憐,貴樹帶著悲傷的心情張開了雙眼。

胸口好像有一把刷子,不懷好意地作弄著他。

這樣的事情有發生過嗎?他想不起來。

……啊。好像在很小的時候曾經發生過,那時的貴樹還很年幼。

洗個臉清醒一下吧，他喝下水龍頭所流出，帶有消毒水臭味的水。
然後，突然想起了水野。
（她小時候應該也遇過這樣的事吧！）
應該有吧，近乎確定的推測。
若是當面詢問她，她應該會用悲傷的表情說道：
「為什麼要問人家這種事？」
沒有錯，口氣大概也是這樣。
貴樹開始瞭解理紗這個人。
彼此熟知對方的事物，對方也同樣瞭解自己。
（好像就是被「那個人」給帶走的那份重要的東西。）
（空空如也的寶箱。）
水野曾經的喃喃自語，那臺詞頓時浮上了心頭。
被貴樹冰封的記憶，好像就要被他自己給挖掘出來了一樣。
恐懼感。
怎麼會這樣？
令人害怕。

「太過安定了。」

貴樹站在流理臺前對著鏡中的自己說。

不想在任何人的心中留下重量。

然後他說：「我想要到別的地方去。」

半夜走到街上，距離清晨還有幾個小時。

貴樹在住宅區中走著，除了街燈之外，沒有其他發亮的物體，天上也找不到一顆星星。

無臭的街道。一瞬間，他混亂了。為什麼嗅不出任何氣味？

迎面而來的風為什麼沒有帶來土壤的氣息呢？那氣息之中還有混雜著綠葉和潮浪的味道。

理所當然的啊！這裡可是東京。

貴樹因此得知自己心中的平衡嚴重失調了。

走到大街上。

伸出手攔下了一臺計程車，往公司的方向前去。

切斷警報裝置，輸入他的密碼，貴樹從後門進入。

不知道是不是同事的吹噓，說什麼公司「全天候無休」，但以現在的時間來說，沒有人也算正常的。

在一片漆黑的辦公室內，他只打開自己座位上方的日光燈。

貴樹按下電腦的電源開關，螢幕發出來的光線，照得他的臉呈現青白色。

他獨自一人猛烈地投入工作，用著連他自己都感到驚嚇的速度敲打著鍵盤。

那樣的速度令人沉醉。

然後，還想要加速，再加速，彷彿有人在一旁催促著他。

再不前進，就會被別人追上，從後方襲來的手，就要碰到自己肩上了。

恐懼的心態令貴樹不得不往前衝。

他其實不知道自己在害怕什麼，即使如此，還是想要跑得更遠，把距離拉開得越遠越好。

跑著跑著貴樹卻發現，纏繞在自己身上的東西變多了。

風勢漸強，那壓力正逼著他屈服。

失敗是弱小的証據。

他不允許自己懦弱，自己必須要是一個堅強的人。

不論什麼時候，他都必須要一個人撐下去。

# 12

誰都別想要綁住我。

工作負擔越來越重，貴樹總是第一個進公司，然後最後一個離開。

和水野見面的時間變得更少了。

在公司中依舊感受得到無法前進的阻力，一點一滴消耗著他的氣力。

摩擦更加地明顯，就像是拉著手剎車加速一樣。

看著辦公室的人逐漸變少，還有自己制式化的鍵盤敲擊聲，貴樹突然好想見她。

那樣的心情強烈地令他害怕。

自己對水野抱持的強烈執念以及因為她的存在而衍生出來的不安猜妒，各式各樣的噪音在他的腦中回響。

每當這樣的情緒出現時，都讓貴樹十分痛苦，甚至想要親手毀掉這段關係。

久違了兩個禮拜，他來到水野所居住的公寓。

「我想要買車耶，你覺得怎麼樣？」

她突然這樣問道。

「妳有駕照嗎？」
「嗯，學生時代就考了，想說找工作也比較方便。」
「不過怎麼這麼突然？後續保養之類的事很麻煩喔。」
貴樹曾經在大學的時候，用打工存的錢買了一臺二手車。型號是鈴木SWIFT，雖然已經跑過很長的距離，但性能還算良好。他因此常常一個人開著車到處旅行，而且不需特別尋找落腳的地方，就直接睡在車上。但最後還是不敵昂貴的停車及維修的費用，開了一年多就脫手了。
「這樣我就可以一早送你去公司啦！」
「不需要這麼刻意啦！一班電車就到公司了……」
「人家就是想要這樣做嘛。」
這一點都不像平常的她，今天的態度比以往都還要強勢。
「如果可以，我希望你不要接近車站的月臺。」
貴樹不打算回答，深怕觸碰到那個深刻的部分。
「不可以這麼麻煩妳，願意煮飯給我吃已經很感動了，況且妳的工作明明也很忙碌啊。若是真的這樣接送，感覺好像媽媽一樣，我不太喜歡。當然，如果想要我接送妳的話倒是另當別論。」
「這件事已經無關你的意志了，而是我自己想要這麼做。」

「買車是你的自由，我不會干涉，但是送我去上班這件事太彆扭了，我拒絕。」
水野的眼神往右下方飄去，用小犬齒緊緊咬住下唇。
每當她欲言又止的時候，就會作出這樣的反應。
貴樹心想，他應該巧妙地把話題帶過去了。
「理紗，妳是不是也希望我這麼做啊？我不希望妳為我做更多了，反倒是希望妳可以再任性一點，跟我說妳的需要。」
她有些震驚地看著貴樹，開始動搖了起來。
貴樹！水野開口叫了他的名字。
「我可以拜託你一件事嗎？」
「妳說啊！」
「一次也好。」
「嗯。」
「我希望你親口對我說。」
「說什麼？」
真希望自己從未提起這件事。
「你可以對我說你喜歡我嗎？」

回到家，連燈都還沒有開，貴樹隨即打開了電腦，開啟WORD程式。無意間，自己已經將辭呈給打好，貴樹露出驚訝的表情看著銀幕……

應該撐不下去了吧。

貴樹跟水野幾乎沒有時間可以見面。

好像有什麼東西在心中死去了一樣。

無意識間貴樹開始避免與她接觸，十月以來就呈現這樣的狀況，然後，又經過了好幾個月。

夏天的物品都收到衣櫃深處，全面換上了冬衣。

夜晚冷冽的空氣穿過大衣滲透進皮膚，通勤的時候，貴樹必須裹上厚重的大衣才能夠出門。

十二月十九日是理紗的生日，他盡量不去思考這件事情，刻意掠過日曆上的日期，再度把自己的心給鎖了起來。

結束工作，在三鷹搭上了電車，到新宿站後再換另一個路線的車輛，車站標示的日期都已經跳到了隔天。

牽絆他多日的工作，已在三天前結束。

後續作業堆積如山，還必須要跟不同的同僚或是上司打招呼，處理交接的事宜，下班的時間依舊受到延宕。

那個晚上寫下的辭呈已經交出去了。

剩下的一個月內，只要完成所有無趣的整頓工作，這個公司就與他無關了。其實也沒有太多的感慨。

這是必經的過程。

累積多時的疲憊，增加了貴樹的重量。

直接坐計程車到位於中野的公寓好了。

他看了看排隊的人潮，只花了零點二秒就放棄了這個念頭。

丸之內線已經停駛，貴樹打算走路回去。

他並不介意走在新宿的高樓大廈間。

走過西新宿口的隧道，夜晚溼冷的空氣瞬間包覆著他。

為了分辨出車道與人行道的街樹，現在都裝上藍白色的燈飾。

耶誕節就要到了，貴樹一直都不喜歡這個節慶。

不過如同雪花一般的燈飾，遠近交錯的呈現，果然還是很漂亮。

勞累的心也因此感到柔軟平靜，貴樹將手插進口袋內，繼續往前走著。

皮鞋紮實地踩過石子路，西新宿的高樓林立，腳步聲經過鋼筋水泥的反射，更顯得響亮。

就在他走過住友大樓的時候，一絲細微的聲響從口袋中傳了出來。手機的震動，刺激了貴樹全身的神經，他停止了所有動作。

隔著手套，他抓住了尾端拿出了嚴重掉漆的ＷＩＬＬＣＯＭ手機。寒風強勁，好不容易在口袋中暖好的手，又瞬間冷卻了。

將折疊式的手機打開，查看了已撥來電的顯示。

水野理紗。

貴樹抬起頭仰望著面前三角柱形狀的大樓，然後再將視線抬得更高，看著天空。

白色碎屑，在飛舞著。

雪，飄了下來，細細柔柔的，雪花孱弱，猶如灰塵一樣掉落在肩上，然後，消失了蹤跡。看起來像微弱的光點，從高樓層的窗戶失速墜落，低音頻的震動持續著。

貴樹拒絕接起她的來電。

不知道為什麼，手指就是不聽使喚。

理紗，我喜歡妳。

他卻怎樣都無法說出口。

明明是那樣深愛著她。

貴樹反問自己。

像這樣，受到牽制的感覺，從以前就存在了。
不論怎樣深究都無法到達核心的無力感也是……
想要和對方在一起的念頭卻是越來越強烈。
漸漸地，光是伸出自己的手都覺得痛苦。
震動音停止了。貴樹為此感到自責，怎麼如此沒有用，缺乏穩定下來的決心。
為人付出的精神，愛人的能力，即使一點也好，多希望自己能夠分擔別人的苦痛。
為什麼沒有這樣的肩膀呢？
就如同火箭一般，或是沒有引擎的車子，只懂得放開油門猛衝，衝下坡道。
既然如此，那坡道的最高處在哪裡？
自己的時間，又擅自抵達了哪個頂點呢？
會不會只是浪費在危險的岔路上，不停墮落下去而已。

## 11

昨晚夢到了從前。

明里和他都只是個孩子。

一定都是因為昨天找到的那封信。

坐在兩毛線的電車車廂內，除了明里之外一個人也沒有。

將背挺直，從座椅邊緣沿線看過去，視線絲毫不會受到阻擋。

這個時間一直都是這樣。

除了早晚通勤高峰之外，鮮少會有乘客搭乘。

電車朝向小山站的方向緩緩地前進。

實際上速度應該不慢吧，但窗外的景色幾乎沒有改變，時間的流動感也就沒那麼顯著。

大雪覆蓋四周的水田，角度微妙變化著，從後方流過。

國高中這六年，明里都是搭乘這個路線上學。

熟悉的風景，熟悉的車廂，唯一不同的，是自己的心情。

在固定的硬式坐墊上，坐得深一點，姿勢自然就會變得漂亮。身體倚靠在車窗上，呼出來的氣在玻璃上凝結。

所謂的倦怠就是這種感覺吧。

嘆了一口氣，她用手撐著頭，指甲輕輕靠著臉，臉頰感受得到那顆寶石的觸感。

明里的心就是靜不下來。

結婚，這感覺好奇怪。不止自己，周圍的人也都變得毛毛躁躁的，尤其是父母，好像比當事人都還要緊張一樣。

這趟是要回老家整理行李，整理完就要再回東京去。

明明就只是這樣而已，明里的父母卻還煞有其事的，特地到車站目送她離去。

岩舟站的月臺上飄著雪，冰柱掛在屋簷邊。

無際的田園景色全染上了一片白雪。

父母有些年紀了，外頭又這麼寒冷，明里心想在家道別就好，不用如此麻煩，他們卻說什麼都要跟出來，穿過票口，送她到月臺。

將近十年了，明里一個人住在東京。

雖然對明里來說，她只是要回去東京一趟，但是對她的爸爸和媽媽來說，這次不太一樣。

「為什麼不過完年再回去呢？」

媽媽不捨地說道。

「嗯……還有很多事情需要處理。」明里說。

「這樣啊，要多做點好吃的給他吃喔！」父親說。

「我知道。」

「有什麼事一定要打電話回來！」

「好！不會有事的啦。」明里苦笑。

風吹散了從口中吐出的白煙。

冬日的雪景。

這氣氛不就像連續劇裡頭會出現的嗎？

有些彆扭的感覺令人會心一笑，但是整體來說，依舊帶著淡淡哀傷。

「下個月在婚宴上就會見面啦，不要那麼擔心！天氣冷趕快回去。」

明里掩不住臉上的苦澀微笑說道，聲音有些顫抖。

電車不平的震盪，使她整個人晃了一下。

左手無名指。

左手無名指上戴著戒指，明里不習慣那種感覺，還是有些奇怪。

好像有人說，無名指是連心的，而現在的確有這樣的感受。

（我要結婚了啊……）

沒有任何真實感。

結婚登記或是即將開始的同居生活，一切都像是眼前的白霧一樣不確定。

不過，婚宴的準備又是另外一回事，如同現在進行式般襲來的現實，想躲也躲不開。

或許真的只是在逃避也說不定。

車廂內空蕩蕩地，忽然浮上眼前的，是中學時代早起參加社團活動那段的日子。那時候的車廂裡也是一個人也沒有，明里獨占了整個包廂，然後總是會從包包中拿出便籤，放在膝上開始寫信。

然後，她再度想起了昨晚的那個夢。

在夢中，時間是半夜，街燈昏暗，大雪掩埋了車站前的道路，一片白茫茫的……那燈光下，一個男孩，還有一個女孩，在空無一人的雪道上，留下了足跡。天氣好冷好冷，他們一步步向黑暗的盡頭走去。

他和她都還是小孩子。

一心只想趕快長大，卻又深切地了解自己的無力與弱小。

這一切都是因為昨天找到的那封信。

那是她寫下的第一封情書，但也是最後一封。
最後仍然無法轉交出去。
它一直都被收在抽屜的最裡頭，放在那個空的餅乾盒裡。
盒子裡頭藏著那時候使用的俏麗手札，還有將所有喜歡的歌曲集結在一起的錄音帶，再也不想打開的畢業文集也藏身其中。
粉紅色的信封，連封條都還沒有拆開。
明里考慮了很久，最後還是選擇將信拆開，仔細地念過了一次。
她少女時代睡的房間，日光燈不堪常年使用，整體的光線偏暗。
讀完了信，她立即將眼睛閉上。
甜甜的，還有些難為情。
心頭的悸動包圍了她，然後從記憶中喚起了幾個畫面。
兩個人並肩看著書。
全速奔跑在神社前的大道。
還有好多好多……
最後的那天，他所搭乘的路線，明里現在正從反方向坐了回去。
雖然感覺不到電車的移動，事實上卻是以飛快的速度朝著目的地前進。
稍微回想了那時的心情。

雲層散去，光線穿過玻璃照射進了車廂內，打在明里的臉上。

光線刺眼。

她把眼睛閉上。

山的稜線一定因為陽光灑落而閃著白色的光暈。

啊啊！

明里感覺到一股清爽的氛圍，有如風的吹拂。

深深嘆了口氣。

滿溢的心情就這樣緊緊地被鎖在胸口。

# 10

貴樹辭掉了工作，過著無所事事的日子。

一天睡超過十個小時，卻仍然覺得睏，頭腦就像麻痺了一般。

清醒的時候就靠在牆邊，將兩隻腳伸得直直的，一動也不動地坐著。

沒有開燈，更沒有在播放音樂。

他唯一只有在肚子餓的時候才會出門，隨意地買些東西果腹。

時間通常不是深夜就是凌晨天快亮的時候。

完全放棄了規律的生活模式，貴樹像是受傷的野獸一般，躲在自己的巢穴之中，虛應度日。

他的疲憊超出自己的想像。

就這樣過了一個多月。

終於，他想念起香菸的味道，才發現這些日子裡，自己連一根都沒有碰過。

貴樹體內累積的倦怠依舊，只是稍微有了一些餘裕能夠動作。

他走出陽臺，點了根菸。

突然覺得很不可思議，自己的體內煙霧瀰漫，頭腦卻因此變得清晰。

二月的冷空氣刺激著皮膚，他仍舊沒有力氣進屋添加衣物。

拿菸的手不停顫抖。

貴樹將視線往上，看著位於不遠處的新宿，高樓林立的街景。

周圍較矮的建築呈現灰色，而都心就在中央的部分，高高低低的長方體矗立其中。

就像是一棵高大的杉木，從低平的草原中冒出頭來。

高速移動中的雲朵像是快轉一般朝著他的方向靠近。

時間開始迅速地流動著。

貴樹一直都希望時間能夠靜止，讓他在這個房間內滯留。

畢竟之前的生活步調實在太快了，必須要靠現在的空白來平衡。

哪裡都不去了。

什麼也都不會發生。

若是地球的公轉自轉就此停止，將會多麼令人放心。

但是……怎麼可能呢？

不論是加速空轉，或是完全停滯不動，一個月就是一個月，一秒還是一秒。

這結論讓貴樹相當憂鬱。

他深深地嘆了口氣。

話說回來，小時候也曾經希望時間能夠過得快一些，因為自己是那樣急切地想要長大。

這是多久以前的事啊……

無法追究確實的時間，也搞不懂那時的自己到底在想些什麼。

於是，貴樹想起了那個夢。

是今天早晨嗎？還是更久之前？推敲不出正確的時間，但那個夢境的存在是不容懷疑的。

通常，夢都會在睜眼的瞬間從記憶中揮發。

貴樹卻突然記起了小時候做過的一個夢。

啊啊，都忘了有這麼一回事，真令人懷念啊！

就在這個時候，ＰＨＳ的郵件提示音響起。

不用打開手機，他好像就知道寄信者是誰，而信件的內容也能夠猜得到。

所以貴樹需要一點決心，才有辦法按下那個按鍵。

ＰＨＳ就躺在長桌上，橘色的燈光閃爍著。

他非常緊張。

有好一陣子沒有接收郵件了。

原本也就打算切斷與外界的聯繫。

身體沒有動作，他兩眼發直，盯著桌子的末端看。
這麼做，自己的時間就會停止流動，所有事情也像從未發生過一樣。
不過，橘光一明一滅地持續，不懷好意地提醒著他時間的經過……
貴樹伸出手，打開了折疊的手機，按下了確認鍵。
文字穿過視神經，意識正抵抗著大腦的理解。
你好，貴樹。
文字開始說話。
你好，貴樹。
好久沒有聯絡了。
你好嗎？
雖然有些猶豫，但有些事我還是決定要跟你說。

「你的眼神總是看著遙遠的深處。穿過我，穿過窗外的景色，還有桌上的料理。會是一種概念嗎？還是一種觀念？但我想那一定是一種沒有形體的東西。而我的理解就只到這裡。不過，你知道嗎？每當你的眼神開始透視，你的身體好像也想要變得透明，然後消失。」

那是一封很長很長的信。
不停按著跳行的方向鍵，他繼續看下去。
這樣的結果完全是在預料之中，但在貴樹心裡還是希望揭曉的這一刻不要太快來到。
他的房間，還有構成這個房間的所有物品，忽然都蓋上了一層厚厚的塵埃。皺皺的床單，洗手臺上的牙刷，還有手機的紀錄也是。
所有的一切都表示著她已經不在的事實。

將短大衣胸前的扣子扣好，穿上靴子，貴樹離開了公寓。
在鐵門關上的瞬間，金屬碰撞的聲音破碎，在耳中深處回響。
轉動鑰匙，門鎖咬合所發出的冷酷聲響揪住胸口。
他按了按鈕，等著電梯上來。
樓層顯示的螢幕倒數著，他的焦急也越趨強烈。
厚重的自動門打開後，空無一人的電梯，竟莫名刺傷了貴樹的心。
只是要到一樓大廳而已，如此短的時間內，他沒有辦法站立，近乎癱軟地靠在一旁牆上。

引擎轉動的噪音格外明顯，還有金屬聲響，掛在手上的鑰匙圈滑落。

貴樹往地上看去。

鑰匙圈掉了。

呆看著它，上頭拴了三把鑰匙。

一把是公寓鑰匙，一把是自行車的，另一把……

他撇過眼，吸了一口氣。

緩慢地彎下腰撿起了鑰匙。

光是這樣的動作就需要無比的決心。

離開了公寓，往青梅街的方向走去。

貴樹在車水馬龍的市中心慢慢地走著，盡量保持著意識，挺住身體。

滲透進大衣內的寒氣，好像用貴樹不解的語言，持續碎念著。

全身的肌肉都冷卻結凍，重量也因此增加。

通過被欄杆圍起來的空地，上頭停放著兩臺黃色的吊車。

這裡即將要蓋起新的大樓吧！

紅色的車燈，還有黃燈。

從身邊交錯的陌生人。

電子看板。

噪音。

自己是如此痛苦，四周的街景卻擺出一副與我無關的表情，這個世界一如往常運行著。

冷漠使得貴樹的心抽痛，他厭倦了一張張沒有表情的臉。

然而自己的臉上的表情一定也是一樣冷漠對吧。

但是現在，隨便一個陌生人一句「你還好嗎？」都可以立即將他從萬丈深淵裡給拯救出來。

就如同她在月臺上突然跟我搭訕的時候一樣。

「我到現在還是很喜歡你。」三年後的今天，她在信上這麼說。「不過我想，即使交換了上千封郵件，我們的心大概連一公分都無法靠近吧。」

貴樹並不反對這個說法。

畢竟一切都是他自己造成的。

但是他沒有別條路可以選擇，這也是沒有辦法的事情啊。

打從出生開始，自己就是一個瑕疵品，以至於欠缺了方向轉換的能力，直線前進是貴樹唯一會做的事情，在這樣的城市，用這樣的方式生存也是他自己所選擇的。絕對的世界，絕對的風景，而他也是一樣，貴樹擅自為自己的人生下了定論，無論如何，只能直線前進啊！

道路旁停放著自行車。
夕陽低角度的光線，被鏡面給反射，射進他眼中。
皺起眉頭，撇開視線。
斜陽照在歡樂街的上半部。
主要幹線的正上方，掛著綠色的交通號誌。
路線指標因為逆光而無法閱讀。
貴樹不知道自己究竟該往哪裡去……

理紗，妳說的沒錯，妳越近我越疏離。
但是，在看到妳給我的分手訊息後，我竟然陷入如此糟糕的狀態。
誰能告訴我為什麼啊？

# 9

明里持續想著昨晚的那個夢。
夢中的從前，他們都只有十三歲——

橘綠相間的復古列車到站，明里在小山站下了車。
穿過地下道，走到了往上野方向的月臺，細雪正飛舞著。
應該不會積雪吧。她看了看電子告示板，電車停駛的機率不大。
這場雪下得真是時候。
輕輕柔柔的勾起一些回憶。
那天也下著雪。
大雪。
電車停駛。
十四年前的那一天，他就站在這個月臺上，風雪無情地刮著。

他的眼神一定不曾從告示板上移開。

電車會因為大雪停止運行，自己也是在那天之後才知道的。

他一定也是一樣。

明里正望向白茫茫的天空。凝視著用一定的速度相繼飄落的雪花。

在櫪木長大的她，早已習慣了雪日，但是每次只要下起雪，不安的情緒就會微妙的在心底騷動。

他一定也是一樣。

她試圖穿越時空，回到十四年前的這個地方。

少年穿著雙排扣的大衣，站在大雪之中。

雪打在他的身上，浸溼了衣服。

明里已經無法清楚地刻劃出他的輪廓。

不過，當時的氛圍，環繞在他身邊的空氣，那些在她心中糾結的部分，正在意識流中重播。

不再前進的電車，灰濛濛的車站，十三歲的少年握緊拳頭，壓抑住心中的不安與焦急。

這一切，都只是為了與她見上一面。同樣也是十三歲的明里。

就像是寶石一樣，多麼的璀璨耀眼啊！

那天，單線路的電車，不知停下來過多少次，終於在半夜到達。

岩舟已是白雪一片。

兩個人在昏黃的燈光下走著。

走過車站前的馬路，四周的景色一變，廣闊的田園上積著厚厚的雪，遠處的人家閃著燈火，轉過身，只看得到兩個人走過的足跡，留在新雪鋪成的雪地之上。

過去的畫面掠過明里的意識。

現實中，銀色的列車正緩緩滑進小山車站。

調整一下背包的位置。

紛飛的雪片，是十三歲的那個夜晚，他們兩人手中的櫻花花瓣。

（——真希望有一天，還可以像這樣，和他一起看著櫻花飄落。）

電車逐漸放慢速度。

車門位置剛好停在明里的面前。

（——我們都不曾猶豫……）

自動門打開了。

（——如此深信著。）

一瞬間，明里好像看到了那個穿著軍藍色大衣的少年，從車內衝了出來……

## 8

不停地走來走去，回過神，四周的天色早已暗了下來。

毫無目的的，他只是走著，看樣子來到了新宿周邊。

應該走出了新宿中心，四周的氛圍不太一樣。說不上繁華街道，也不是大樓林立的辦公區，貴樹走過這樣半吊子的景色，穿梭在人群之中。

左手邊的便利商店，透出來的強烈地白光打在路上。

未經思索，他的身體自然地走了進去。

漫無目的地走在午夜時分，會被超商吸引是理所當然的，就像是飛蛾的趨光性一樣。

學生時代只要一有時間就會窩在學校的餐廳內，而對社會人士來說，便利商店即如同學生餐廳一般的存在，貴樹心想。

可以買東西吃，還可以看看雜誌什麼的。

他毫不遲疑的走向面對玻璃的雜誌區，伸手拿起『Science magazine』。貴樹其實對那本雜誌沒什麼興趣，但其他的那些，他連碰都不想碰。

總之，只要能轉移注意力就好。

貴樹毫不在乎地翻到了彩色頁面，手瞬間停住了。

宇宙出現在他眼前。

正確來說，那是一章描繪宇宙畫面的圖片。

黑色的天空散著密密麻麻的星星。

開頁圖面的右側，搭載拋物線天線的太空船浮在上頭。

看起來雖然像是在飄浮，實際上應該是用宇宙的速度在前進吧。

那篇的主旨好像是在說宇宙探查機ＥＬＩＳＨ號終於前進了太陽系之外。

貴樹看完了報導。

一九九九年發射的日本國產深宇宙偵察機，最後在海王星的重力推進之下，朝向宇宙的盡頭開始了永遠的旅行。

所謂的重力推進在這裡是利用海王星的相對運動和重力改變飛行器的軌道和速度，原理就像是人在奔跑時轉彎造成的離心力一樣。

經由海王星的推進後，偵察機就這樣隨著慣性，無止盡地往同一個方向飛行，離開太陽系。

只要核電池運作正常，大概還有二十年左右，都能持續傳送資訊回到地球。
然後，再也回不來。
如同字面上呈現出的空虛感，它將遠離自己所生長的地方，永遠地朝著同一個方向前進。
貴樹忍不住再度翻開了那個充滿宇宙CG畫面的報導。
這才是——真正連一個氫原子都無法相遇的孤獨。
突然，他背後的神經全部緊縮了起來。
寒毛直豎的感覺讓貴樹意識到那股恐懼的真面目。
這不就是「它」嗎？
就是那傢伙。在那個島上，那個夕陽，向空中攀升的那道橘色光芒。
那是和澄田花苗一同仰望的火箭啊！
在一九九九年——發射的它，如今卻去了那樣的地方。
回憶逐漸被喚起。
那片昏暗的時刻……
大氣改變的感受，場景更換的錯覺。
當時的氛圍都回來了。
光線升空，煙霧成塔。

爾後湧出的震動。

那時候，他真切地感受到自己的改變。

不對，必須要改變的念頭更是強烈。

閉起眼投身於一個找不到方位的地方，貴樹在那時理解了。

因為「它」，貴樹認清了他的路。

「這樣啊……」

貴樹低語著。

花了八年，你去了那樣的地方啊。

而我，在這裡躊躇了腳步。

環顧在種子島看到火箭之後所經歷的日子，這應該是他第一次的停滯。

一股絕望的情緒籠罩著貴樹。

偵察機——那火箭毫不猶豫地前進，都已經到達了終點海王星。

完全沒有被告知目的地的它，單純地遵循前進的指令。

「不管是哪裡，走得越遠越好。」現在，正持續著永遠的等速直線運動。

不過是一臺機器，但它的生命力，令貴樹震懾。

一定會找到它的歸屬吧，雖然不知道是在哪裡，但絕對是個很有價值的地方。

它不惜永久耗費時間向未知邁進——終於在八年後抵達了海王星……

而自己卻還在這裡……

——不，不是這樣，貴樹在那個瞬間發現了。

啊啊……

寧靜的感動從他的心窩，擴散進全身。

自己不是「到了」這個地方，而是「終於」到了這裡。

這雖然不是理想中的自己，但存在於這個地方。

非自願的，無論如何，現在的自己就在這裡。

所以，這裡就是海王星。

——我，終於到了這裡。

不是目的地，我靠自己的腳，一步步地走過來。

如同喪家犬般的想法頓時消失了，肩上，還有腳上沉重的枷鎖也瞬間解開。

他將雜誌放回架上，往後退了一步，然後，走向了商店的門口。

貴樹思想著今天早晨如同奇蹟般的「那個夢」。

他做了夢。

他夢到了從前。

從前的自己出現在夢中。

（——在那個夢中，我們都只有十三歲。）

貴樹走著，感受自己的腳步踩在雪白的地上。

（——夢中的場所，是一整面為白雪覆蓋的田野。）

（——夢中逐漸堆積的新雪上，留有自己還有那個少女的足跡。）

現在，他每踏出一步都感到無比舒適。

在只有1G的重力下。

那個時候——多麼希望自己可以馬上長大，而自己的那雙手，能夠伸到更遠的地方去。

渴望能擁有現實的力量。

這是夢中的少年……那時候的自己，深切的冀望。

而那樣的力量，如今就在自己的手上。

現在的他就是那時候極力想要成為的大人啊。

當時，大雪下，只屬於他們兩個人的櫻花樹。

（——真希望有一天，還可以像這樣，和她一起看著櫻花飄落。）

比起那個時候，視野變大了。

比起那個時候，爭取到東西變多了。

不過，那時候的自己唯一想要的東西，卻已經完全消失在自己伸手可及的範圍內。

（——我們都不曾猶豫，如此深信著。）

就在那天，貴樹許下了誓言，他要變得更強大。

現在，他做到了，那力量就蘊藏在體內。

就要走出商店，貴樹在門口停下腳步。

# 7

自動門開啟，明里搭上了往東京的列車。

6

自動門開啟，貴樹走進了二月的寒風中。

5

不論什麼時候，都在找尋著妳的身影。
在十字路口也好，在夢裡也是。
明明知道妳已不在我身邊。

若是真的有奇蹟。
我希望能夠馬上讓妳看到。
全新的早晨，從今以後的自己。
還有那句說不出口的「我喜歡妳」。

（『One more time, one more chance』作詞／山崎將義）

## 4

遠野貴樹用著全新的視野看著自己所居住的新宿街頭。

將冰冷的空氣吸入肺中。挺起身，他發現自己走路時總是習慣低著頭。

吸氣，吐氣，白色的霧氣從口中飄散。

貴樹存在於這裡，而且正在移動著，景色快速地掠過他的意識，然後離開；然後好像有什麼東西被遺留在貴樹的心中。

又下起雪了，能夠下得越大越好。

貴樹踏入深夜的都市之中，側身走避來往的人龍。

繁華街道依舊喧鬧。

人群的氣息還有味道。

霓虹燈，從高樓大廈的邊緣透出的直線，參雜著紅綠燈的光線。

一張張交錯的臉龐，還有他們的裝扮。

招牌閃耀著，風、行道樹、落葉。

因為風的吹拂而四散的落葉，像是在跳著旋轉的舞步，飛舞到路邊的電子看板上。

所有的一切，如同光的訊息，在貴樹的視神經間傳遞，然後，試圖在他的心中製造些什麼。

穿過馬路，他在路中央停了下來。

反射著街上的照明，貴樹抬頭，仰望下雪的夜空。

無數的雪花墜落，從中央一點向四方呈現放射狀擴散。

他還在空中，看到了飛鳥。

正在鋪設的人行道，用警戒線圍起來的工地，即將蓋成的大樓上閃動吊車的影子。

向下的車站樓梯，自動收票口，從月臺往下看見的車道，由車燈組成光之川流。

他回到了公寓，倒在床上，進入了深層的睡眠。

然後，做了一個夢，夢見自己的小時候。還有自己的少年時代，中學，高中，所有的記憶在意識流中倒轉。

明明還在長野的森林中奔跑，下一秒卻跳到東京某個神社前的大道，那時候的身體記憶，又瞬間移動到種子島騎著腳踏車的上坡。

接著回想起幾個朋友的臉，還有他們曾經留下的深刻印象。

然後，那些觸動到貴樹內心的女孩一個一個走進畫面之中。

貴樹感覺到澄田花苗那柔軟的手臂，還有纖細的肩膀。

場景跳到離開種子島的那天。

扛著重重的行囊抵達機場，她特地跑來送我。

他們沒說什麼話，只說了句再見，貴樹便走進了登機門。

當時，像是在咀嚼金屬一樣痛苦的感覺如同昨日般清晰。

還有，在補習班認識的那個冷酷又高姿態的美麗女孩，好想與她再見上一面。

然後，水野理紗不加修飾的溫柔細語在耳邊回響。

每次她說話的時候，貴樹的喉嚨深處那搔癢的感覺依然存在著。

他就像這樣，溫暖地躺在黑暗之中，逐漸沉沒於自己的意識流，細細玩味著。

貴樹醒了過來，走下樓梯，離開了他的公寓。

深深吸了一口早晨的空氣。

沒有目的地開始走著。

睡得很飽，但眼前流動的現實，還是令他有幾分喝醉的感覺。

朝陽穿過一間間住宅區的小房子，照射出金色的光芒。

貴樹在兩旁圍起柵欄的上坡路段，看到了剛升起的太陽。

晌晌的光線同樣灑落在一旁小小的公園內。

用皮膚感覺這個世界。

存在他體內回憶的世界，現在，正與現實的世界結合，融為一體。

那些猶如春花秋草一般的記憶。

走過古老的石橋，屬於這個街道回憶，出乎他意料的久遠。
貴樹在橋中央停下了腳步，凝望著下方的河川。
水面閃爍著不規則的光芒。
這不經意讓他想起了那片海。
從前騎著小野狼奔馳在國道上，所看到的美麗景色，還有右手邊寬廣的海面。
穿過高架橋下，用來購物的腳踏車輕靠在水泥牆面上，在它對面，飄著薄雲的晴朗天空一路展開。
交通號誌的影子落在人行道的段差，呈現了彎曲的勾型。
早起的女高中生背著運動背包快步走過。
市中心一片萬里晴空。
流過其中的河川，上面映照著太陽。
一大早，貴樹走進車站前的麵包店，在附設的咖啡廳內喝著咖啡，他在面對門口的大窗戶前坐下，用極為柔軟的心情好幾個小時都看著那些來來往往通勤中的人們。
離開了這家店，冬日的空氣和緩，溫度宜人。
貴樹突然想去新宿南口的 Southen terrace 逛逛。爬上了在新宿站旁的臺階，像是公園一樣廣大的休憩步道沐浴在陽光之下，正閃爍白色的亮光。

他試著停在中間，在有好幾個車道寬的休憩步道上，感覺從後方追來的人群，還有從面前穿過的人們。

也有人什麼都不做，就這樣坐在一旁樹蔭下的階梯上吹風。

貴樹慢慢地往左邊走去，將身體靠在步道邊緣的手把上。

Southen terrace位在地勢比較高的地方，往下一看，JR線電車的流動像是河流一般，如同方才在橋上眺望到的河景。

看著川流不息的電車。風吹了過來。

天空是清爽的淡藍色。

低空的一角，讓人誤認為中世紀大時鐘的NTT大廈，微微地冒出頭來。

不知道從哪裡飛來的白色花瓣，在他眼前跳著舞。

伸出手，舞動的花瓣落在手掌上。

貴樹小心翼翼的將花瓣握好，深怕把它們壓壞了。

他想起自己高中的時候，也曾經像這樣握緊手中的花瓣。

那時候是春天，種子島同樣一片櫻花盛開，溫暖的氣候在他身上醒了過來。

還有那片一望無際的蔚藍天空。

種子島的夏天，天空湛藍得鮮豔。

那濃度令貴樹胸口一糾，記憶中青草的香氣撲鼻。

他的心飛到了嫩青色的草丘上。
草浪擺動。
風送來了土壤的味道。
海潮的香氣。
鳥瞰著山丘下深藍色的遼闊海洋。
白色的浪花打來。
白色的太陽炙熱地灼燒著身體。
好刺眼。
好熱。
意識都要融化了。然後開始迴轉。
將意識鎖在這個世界中，被包覆，被擁抱。
鳥在飛翔。
叫不出名字的可愛小野花。
在上頭傳粉的小蟲拍打的翅膀。
山丘下的種子島，平地一面展開。
濃綠的山林，帶著輕柔綠色的甘蔗園，種子島芋的葉子整齊地擺動。
紅色的大地。青空。逐漸縮小的雲朵映著陽光。防風林搖曳。

炎熱的光，炎熱的風，風車旋轉著。
這些從記憶深處湧出的景色，令貴樹眩然欲泣。
為什麼自己都沒發現呢？
好漂亮。
真的好漂亮。
身在其中卻從未真正瞭解。
自己是那樣的受到祝福。
回頭看。
只是轉過身來看。
世界也跟著回轉。
所有的一切，就像是星雲一般迴旋，聚集在自己身邊。
現在，貴樹正身處宇宙的中心。

# 3

明里在冬天結束前結了婚，現在正要迎接櫻花的季節。

新婚生活，美得就像一幅畫。

在吉祥寺買下的公寓是他們的新居。

就因為是舊房子，空間也不大，住起來相當舒適。

況且，明里覺得狹小的房子反而能凝聚家人的感情。

不過，因為貸款的關係，那個新手人夫倒經常露出嚴肅的神情。

即使在婚後，明里還是持續她的工作。

畢竟她是那樣深愛自己的工作，當然沒有辭職理由啊！

「工作與我那一個比較重要啊？哈哈，我就想要你對我這樣說。」

明里半開玩笑地說著，她的老公也笑著附和她。

「我也真的想說說看耶！」

她當然不願意真的從自己丈夫口中聽到這樣無聊又悲慘的臺詞，而兩個人也都有一樣的共識，所以才能像這樣笑著。

為此，明里相當開心。

他是一個完全不會洗衣服也不會做菜的人，而這兩樣家事想當然耳，就由明里來負責。像按一下洗衣機按鈕這樣的事情當然不成問題，但是，他完全不懂得如何把衣服折好。很有趣的是，他自己的衣服卻堅持要親手燙，而且技術還相當不錯。他說這是男人的堅持，明里真是搞不懂他在想什麼。

也因為如此，打掃還有洗碗就是由老公來負責了。

家事上的分工合作，而且他也不為此所苦，對明里來說真是幫了個大忙。

能夠不用考慮洗碗的事情做飯，根本就像是在天堂一樣。

雖然有的時候還是想教他順著摺痕折好襯衫，或是簡單煮一些小菜，至少要懂得怎麼煮稀飯吧！

這天，因為突然有案子進來，老公一早就上班去了。

同樣是熱愛工作的人，即使是新婚的假日，他還是帶著好心情出門了。

站在陽臺上晒衣服的明里，心情也是好極了。

天氣非常晴朗。

而且，昨天有人已經把家裡打掃乾淨了，所以今天輕鬆而悠閒。

家庭美滿，工作也很開心，一切都是那樣的充實。

咦？

怎麼好像怪怪的。

瞬間，明里的胸前，突然湧上了一股難以解釋的情緒。

好像忘記了什麼約定，或是向誰借了重要的東西沒有還，卻怎麼樣也想不起來那個對象是誰。

她出了神望著陽臺外面的景色。

忽然，小小的物體在視野內跳動，原來是一片飛舞中的櫻花花瓣，不知道從哪裡飄來的。

想要把它抓住，明里伸出手去追著花瓣跑，但因為動作太慢了，咻的一聲就從她的手上溜走。

應該是受到這片花瓣的邀請，明里心中燃起了賞櫻的念頭。

就這樣朝著代代木公園走去。

## 2

貴樹開始了新的工作。

話雖如此，他的專長也就只有程式設計而已。

尤其在出了社會以後，這方面的能力高度的累積，只要是相關領域的工作，他可是有相當自信。

一開始的時候，貴樹向業界內比較熟識的幾位工作夥伴接洽，說明自己已經從原來的公司辭職，不知道他們手頭上有沒有一些能夠獨立完成的案件可以轉接給他的，像這樣發出工作的請求。

沒想到反應異常熱烈，即使在不景氣的情況之下，立刻就有不少的案子轉到了貴樹手上。

其中還有人在開會的時候，開誠布公地對他說：「人的部分不考慮，我就是要你的技術。」如此直率的發言，全場的人因為認同而默默笑了出來。當中，也有人更直接的希望貴樹去他們公司工作。但是可想而知，他的回應一直都是：「很感謝你的心意……」這樣。

現在貴樹是不可能答應的。

他搬到了位於涉谷區的公寓，格局是一房兩廳。

重新添購了Apple的高階器材，然後再組了一臺Windows的桌上型電腦。

房間內也放置了大型書桌跟辦公椅，直接把公寓的一部分當做工作室來使用。另外，貴樹還做了新的名片，上頭的稱謂寫著個人程式設計師。

現在，只需要在乎交件期限，其他的部分完全可以照著自己的步調走，工作內容也可以選擇自己喜歡的，他相當滿意現在的生活。

不過這樣的工作模式，當然也會接到突然需要變更或是修改等不合理的要求，但貴樹卻不以為意，依舊欣然地接受。（雖然有時候是會小小感到不悅。）

想休息的時候就休息，徹夜工作也沒有關係，就像是被解放了一樣，重力再也不會像從前那樣上下波動了。

連貴樹本人都感到不解，現在的他竟然會在廚房裡做料理，自己的三餐都親手包辦。

只要有心就做得到。他甚至因為需要更大的冷藏空間，而換了電冰箱呢。

房間也好好整頓過了，買了書櫃還有收納傢俱，以前的貴樹才沒有心思處理這樣的事情，眼中只有工作而已。

二十四寸的螢幕上，檢查程式的刻度正在跑動，他將自己手從鍵盤上抽離，靠在椅背上向後躺，伸展了一下筋骨。

整夜沒有闔眼地工作，現在已經是早上十點了。

沒有關上的窗，傳來陣陣春天的氣息，貴樹心情為之盪漾。窗帘擺動著。

暖和的春風帶領著他的身體，貴樹走出了門外。

1

話說回來，這樣如鯁在喉的心情，好像在結婚之前就顯露出了徵兆。

明里一直將它解釋為婚前的憂鬱症狀。

不過，好像不是這樣。

是不是在深層的意識之中，對於結婚這件事情感到後悔了呢？

她直接否定了這個可能性，不，不，不可能。

搭上井之頭線在下北澤換乘小田急方向的列車，明里在代代木上原站下了車，打算從那裡走過去。

光是結婚這件事，居然可以讓自己感到如此充實，是她從未料想到的。

快速的步伐，她的腳步聲喀喀作響。

沐浴在絢麗的陽光之下，皮膚都變得暖暖的，走著走著竟舒服地昏昏欲睡。

明里走到了一個平交道口，幅度很廣，氣氛就像是會在電影或是連續劇裡頭出現的場景一樣。

沿線上民房排成一列，說不上是庭園的狹小綠地，上頭種滿了樹。

在春天的光線之中，綠色更顯得明亮，看起來十分漂亮。
只要跨過這個路口，對面就是綠意盎然的代代木公園。
鐵路警示器旁種了一棵雄偉的櫻花樹。
連一片葉子都看不到，櫻花正盛開著。
頂部的枝椏上染著淡粉色，太陽光灑落，經由花瓣溫柔的反射，整棵樹像是在發光一樣。
才走到三分之一的位置，警示器便鏗鏗地響了起來。
明里目測了距離，柵欄應該會在她剛好走完的時候放下，所以不需要特別加快腳步。
如畫一般的場景。
像是在下著雪。
溫暖的空氣也好舒服，她的心就要融化了，意識都模糊了起來。
就在此時，明里和一個人擦肩而過。

0

雖然從外界的眼光看來，我總是心不在焉的。事實上，內心的情感波盪卻是相當強烈。自己對於喜歡與否的界定上有著明顯的差距。

在喜歡的人面前，只要想著他的事情，我幾乎會像失神一樣發著呆。

想得好多好多，一下煩惱，一下痛苦，還有那些說什麼都無法公開的祕密，我都一點一滴收藏於心底的角落。

不過，恢復正常的時候可就不一樣。

用十分普通的態度面對工作或是日常的瑣事，保持冷靜來處理現實的事物，我也同樣具備這樣的能力。

那差別就如同沙漠的冷熱變化一般劇烈。

若是將兩種狀態平均一下，我其實就跟一般人沒有什麼兩樣。

一旦開啟了開關，力量之大連自己都會嚇一跳。

我總是用全部的心力去喜歡一個人。

情感的投入。

如此巨大的能量到底是從哪裡來的呢？
沒錯……這就是最重要的部分，活下去的動力。
相互凝視，在對方的眼中停留，進入那個人的世界，然後包容他的全部，完全性的理解與接受。
好久以前的那個晚上，一切都是那樣突然，而我真切的領悟到，如此美好的體驗是真實存在的。
只要活著，就一定會有苦痛。
有些體驗更令人難以承受，遍體鱗傷。
一切絕不可能永遠美好而甘甜。
即使如此，我總覺得有一個人默默地守護著自己。
被深信的人嚴重背叛，或是比那更糟糕的狀態，還有在高中時期，人際關係極度惡化，一個人躲起來吃午餐的時候也是。
有人守護著我。
持續接收到的力量，在我最困難的時候，那溫柔而不可思議的存在，好像替我分擔了一半的憂傷。
我的心，時時刻刻都感受得到啊！
而且它無所不在，貼近著我的呼吸。

不經意出現在我視線中，郵筒下方，巷弄內的窗戶上，還有月臺的那一頭，只要我在，它就從未離開。

所以，我一定沒有問題的。

因為自己從來就不是一個人。

1

在平交道中央和那位女子交錯的瞬間，貴樹體內產生劇烈且致命的變化。

他知道了，一切真相大白，壓倒性的事實正攻擊著他，但理解的內容是無法在意識中重現的。

貴樹確實瞭解了什麼，不過他完全無法用言語說明清楚。

心中的混亂難以整理，就在這樣的狀態下，記憶和感情之中發出堅硬的聲響，瞬時重組，分離，然後變形，最後再回歸於原來的地方。

那兩重太陽的幻象，升起的平地朝著一點的方向如同砂粒般收縮碎裂，閃亮亮的化為粉末四散。而那粉末又凝結成雪，堆積在窗櫺上。

停駛的電車，黑暗中的雪景。

時間靜止，時空忽然向另一個次元膨脹。

火箭變成了大廈，接著幻化為程式中的數列，然後結晶。

所有的情感凝結，那畫面如同透明的水晶一般，全都碎掉了。

假設在不知情的情況下，頭部突然遭到槍擊，感覺應該就像是這樣。

情感的碎片飛射，櫻花的花瓣飛舞，無止盡的混亂。

莫名的強制力促使貴樹邁開腳步繼續向前進。

警示音響起——若是現在回過頭去，那個人也一定會轉過身來。

走過平交道，柵欄在背後放了下來。

貴樹的腳步也停住了——如此強烈的預感。

他回頭，那女子的背影也慢慢轉過身來，她的側臉依稀可見。

就在這個時候，小田急線的列車夾帶巨大的轟聲從左方疾駛過來。

電車用猛烈的速度衝向平交道，遮蔽了貴樹的視線。

畫上藍色線條的銀白車身像是一條長長的河川，在鐵路上不停的流動，將他們兩個人分開，阻擋在一旁。

列車好長好長。

另一頭，她就在那裡。

無法跨越過去，噪音集結成了一堵牆，什麼也聽不到。

快了。

就快要通過了。

心裡才這樣想，對向列車卻從右邊駛來，再度遮蔽了他的視線。

看不到。

看不到她的身影。

感受到電車快速移動所帶來的風壓。

貴樹單腳向後退了一步，身體好像只剩下一半。

啊啊，若是幾個月前的自己，可能已經因為強行穿越平交道而遭電車輾過身亡了吧。

兩臺電車伴隨著噪音在畫面中留下殘響後通過。

警示音終止。

柵欄也升了起來。

濃厚的春天氣息，微弱的金色陽光。

鐵道上，少許的花瓣飄落。

警示器旁的櫻花樹，粉紅色的強烈存在。

在這些景色之中——沒有她。

風捲起了花瓣，不可思議的，貴樹臉上浮出了微笑。

即使她沒有轉過頭來，在自己心中卻已經足夠了。

貴樹在心底追問。

妳啊，到底給了我什麼？

一瞬間瞄到的側臉，就感覺她是個美麗的女人。

那身影，對，洋溢著幸福，而那樣充實滿足的心情如同海浪一般傳到了自己身上。

太好了。

那感覺真是太好了。

看著一個人幸福的姿態，連自己本身都變得柔軟溫暖，然後，開始想要讓另一個人也覺得到幸福。

貴樹感受到自己體內產生了一股奇妙的力量。

那是一種新生的預感。

## 2

回過身，背向平交道，貴樹開始前進。
氣溫相當舒適怡人，心也跟著融化。
好了，接下來要怎麼辦呢？
現在的自己什麼都做得到。
撥個電話好了。
要打給誰？
誰都好，只要知道號碼就可以與任何人聯繫，和任何人對話。
ＰＨＳ忘在家裡了。
這附近有公共電話嗎……
找找看吧！
沒錯。
可以放心前進了。

貴樹走著，然後他的身影消失在轉角處。

貴樹啟

你好嗎？

今天居然會下這麼大的雪，約定要見面的時候還真是沒想到呢！看來電車也會誤點，所以我決定在等貴樹的這段時間寫下這封信。

因為前面有暖爐，所以這裡很暖和，而且為了能隨時寫信，我的書包裡一直放著信紙。我想待會把這封信交給貴樹，如果你提早到的話我就寫不了了。所以請不用著急，慢慢過來就是了。

我們很久沒見面了吧？有十一個月了。

所以，其實我有點緊張。我甚至在想，要是見了面卻沒認出對方該怎麼辦？但這裡和東京相比只是個小站，不可能見了面認不得的。

但不管是穿著學校制服的貴樹還是參加足球社的貴樹，我都想像不出是什麼樣子，感覺像是個陌生人。

欸，寫些什麼好呢？

嗯，對了，首先我得向你道謝。我要寫下直到現在都沒能好好傳達的心情。

我小學四年級轉學到東京的時候，覺得有貴樹在真是太好了。你能成為我的朋友我真高興。要是沒有貴樹，學校對我來說一定是個非常難熬的地方吧！

所以我在即將轉學離開貴樹的時候，其實真的一點都不想走。我想和貴樹上同一所中學，一起長大，那是我一直以來的願望。現在我總算適應了這裡的中學（所以請不用擔心），但就算是這樣。「要是有貴樹在該多好啊」這種想法，一天都沒有變過。

而貴樹即將搬家到更遠的地方去，這讓我非常難過。

本來我還覺得，雖然東京離櫪木很遠，但「我總還有機會見到貴樹」，因為只要搭電車就能見到你了，可是這次你卻要搬到九州的另一邊，實在太遠了。

從今以後我必須得好好振作起來。雖然我還沒有自信是不是能做得到，但是我必須這樣做。我和貴樹都是，對吧？

另外，還有句話我不得不說，這話是我打算今天親口對你說的，但為了怕萬一沒能說出口，所以才寫了這封信。

我喜歡貴樹。

我不記得是什麼時候喜歡上的，只是很自然，不知不覺就喜歡上你。從第一次見面開始，我就知道貴樹是個堅強而溫柔的男孩。貴樹一直都在保護著我。

貴樹，你一定沒問題的。不管發生什麼，貴樹都一定會成為一個出色而溫柔的男人。不管貴樹將來會走得多遠，我一定都會繼續喜歡你。

無論如何，請你記住我的話。

＊　＊　＊

給明里

妳好嗎？

現在是晚上九點，我在自己的房間裡寫著這封信。窗外依稀可以看見遠處大樓的燈火。從明里房間的窗戶向外看，現在又能看到什麼呢？我有些好奇。

其實我還沒完成數學作業，最近的自己也時常偷懶。反正足球隊裡的同學每個人都遲交功課，而且就在不久之後也要搬家了，這些都不重要了吧。

約定的時間就在兩個禮拜後吧？到時候我要把這封信交給妳。

我即將要搬去的地方，是在九州另一頭的小島，據說那裡是個鄉下地方。不過，同樣也是NASDA的火箭發射地。為此，我感到相當期待。如果真的能夠看到火箭的升空，我一定會好好地向明里敘述當時的情景。而現階段的期待就只有這些。

說實話，對於自己不得不去那麼遠的地方，我還是感到有些不安。

真希望自己能馬上變成大人。現在自己的心情不上不下的，早知道會變成這樣，之前就應該去見妳的。為什麼沒有這麼做呢？

自從我升上國中，有好多事都想跟明里分享。一直也都好想與妳見面。

因為，我喜歡妳。

「長大」指的是什麼，我還不明白。

但我希望能成為一個就算很久以後在某處偶然遇見明里，也能坦然面對的大人。

我想和明里這麼約定。

嬉文化
秒速5公分 one more side
（原名：秒速5センチメートル one more side）
原作／新海誠　作者／加納新太　譯者／王炘珏
執行長／陳君平　榮譽發行人／黃鎮隆
協理／洪琇菁　國際版權／黃令歡、高子甯
執行編輯／呂尚燁　美術主編／陳聖義
發行／英屬蓋曼群島商家庭傳媒股份有限公司城邦分公司　尖端出版
台北市中山區民生東路二段一四一號十樓
電話：（〇二）二五〇〇—七六〇〇（代表號）
傳真：（〇二）二五〇〇—一九七九
中彰投以北經銷（含宜花東）／楨彥有限公司
電話：（〇二）八九一九—三三六九
傳真：（〇二）八九一四—五五二四
雲嘉經銷／威信圖書有限公司　嘉義公司
電話：（〇五）二三三—三八五二
傳真：（〇五）二三三—三八六三
南部經銷／威信圖書有限公司　高雄公司
電話：（〇七）三七三—〇〇七九
傳真：（〇七）三七三—〇〇八七
香港總經銷／城邦（香港）出版集團有限公司
香港灣仔駱克道193號東超商業中心1樓
電話：（八五二）二五〇八—六二三一
傳真：（八五二）二五七八—九三三七
E-mail：hkcite@biznetvigator.com
馬新經銷／城邦（馬新）出版集團　Cite(M)Sdn.Bhd.
E-mail：cite@cite.com.my
法律顧問／王子文律師　元禾法律事務所
台北市羅斯福路三段三十七號十五樓
二〇二一年十月二版一刷
二〇二三年十一月二版三刷



■中文版■

郵購注意事項：
1. 填妥劃撥單資料：帳號：50003021戶名：英屬蓋曼群島商家庭傳媒(股)公司城邦分公司。2. 通信欄內註明訂購書名與冊數。3. 劃撥金額低於500元，請加附掛號郵資50元。如劃撥日起 10～14日，仍未收到書時，請洽劃撥組。劃撥專線TEL：(03) 312-4212 ・ FAX：(03) 322-4621。E-mail：marketing@spp.com.tw

國家圖書館出版品預行編目資料

秒速5公分ONE MORE SIDE / 新海誠原作 ; 加納新太著 ; ;
王炘珏 譯. --2版.
--臺北市：尖端出版, 2021.10　面 ; 公分.--(嬉文化)
譯自:秒速5センチメートルone more side
ISBN 978-626-306-869-8(平裝)

861.57　　110006700